不要被财富绑架，丢了幸福

挪威
俄罗斯
丹麦
芬兰
瑞典
荷兰
比利时
德国
国内徒步
法国
匈牙利
卢森堡
捷克
奥地利
2005.1
意大利
2009
葡萄牙
土耳其
西班牙
希腊
迪拜
2008.3.28
-2008.6.23
埃及
2011.2.17
-2011.8.15
南非

Happy backpackers

花甲背包客

花甲背包客 作品

张广柱　王钟津／著

湖南文艺出版社
HUNAN LITERATURE AND ART PUBLISHING HOUSE
博集天卷
CS-BOOKY

花甲背包客 档案

老公
张广柱
63岁
英语水平
Two people, one night, how much?
老婆
王钟津
61岁
英语水平
Hello!

我们的梦想 周游世界

背包自助环球旅行历程

2008年3月28日至2008年6月23日

希腊、意大利、西班牙、葡萄牙、法国、荷兰、比利时、卢森堡、德国、捷克等欧洲17国。

2009年9月15日至2009年12月28日

美国、墨西哥、加拿大、古巴。

2010年7月17日至2010年8月2日

俄罗斯

2011年2月17日至2011年8月15日

南极、阿根廷、巴西、秘鲁、新西兰、澳大利亚等南半球14国。

当有一天你选择了实现自己的梦想，只要你有勇气和信心，一切都不是阻碍！

——花甲背包客

目录
CONTENTS

二、穿越艰难看世界

目录
CONTENTS

三、旅途中的情感故事

四、背包客的思考

花甲背包客

目录
CONTENTS

自序

Preface

幸福是什么？每个人的答案都不同。

在亚马孙腹地的小城伊基托斯，我们与一群嬉皮士流浪艺人不期而遇，同住一家家庭旅馆。这些人身着奇装异服，脸上挂着各种钉饰，很是另类。以往在街上看到这样的人，总是好奇又恐惧，在远处偷偷拍照，不敢与之接触。

这次，同住一个屋檐下，同在一张饭桌用餐，自然有了许多话题。其中一个哥伦比亚小伙子，会讲英语，肢体语言丰富。靠着关键词加肢体语言，我们聊了整整一上午，聊音乐，聊舞蹈，聊南美拉丁文化，聊他们自己的生活。这些人的自由洒脱、简单快乐，深深地感染了我们。

这次聊天让我们零距离接触了一群蔑视现代物质文明、追求极致精神文明的人，他们生活简单而思想丰富、感情细腻，到处漂泊，不愿过正常人的生活，却是那样的洒脱快乐。

在马德里郊外，我们也曾碰到一群“当代山顶洞人”。他们逃离现代都市的繁华，选择复古简朴的生活。这让我们觉得，简单的物质生活、丰富的精神生活，可以带来最大的幸福。

但是，另一个故事修正了这一看法。

在澳大利亚北领地，我们仔细观察当地的土著人，发现他们很不适应现代文明，更喜欢过自己习惯了的生活。政府分配的房子不住，宁愿去荒郊野外露宿，过原始的采集、狩猎生活。一位在爱丽思泉市居住了二十多年的华商老板告诉我们，土著人就是这样，他们不仅物质生活简单，精神文明也处于极端落后的原始状态，可是他们依然留恋这样的生活。

精神简单也可以使人幸福。我们的幼年、青少年时期，心智未健全、知识未丰富、道德未成熟，却活得很快乐。我们这一代人，青年时上山下乡、插队，物质生活艰苦，文化生活贫乏，依然在很多人心中留下一段美好的人生回忆。

于是我们有了新的感悟：第一，切勿用自己的标准去解读别人是否幸福。子非鱼，焉知鱼之乐？第二，简单也可以幸福。包括物质的简单和精神的简单。

简单也可以幸福，人类却舍近求远，不追求简单的幸福而去追求高度物质文明和高度精神文明。这是人性的优点，也是人性的缺陷。

欲望不同于需求，需求有限而欲望无限。

幸福是人的需求得到满足的主观感受。物质财富满足人对物质生活的需求，给人带来物质享受；文化产品满足人对精神生活的需求，给人带来精神幸福。

人的欲望是无限的，因而对物质文明和精神文明的追求也是无限的。结果，欲望永远得不到满足，就永远得不到幸福。在这个意义上，宗教节制人的欲望，使人获得内心平静。但在全球化和现代化浪潮的冲击下，人类社会越来越世俗化了，对物质财富的无限追求，导致资源破坏，环境污染，人类的生存环境日益恶化。

于是，幸福有了新解：不是物质文明和精神文明越高，幸福“度”就越高。追逐自己的内心自由、心行合一，过自己想过的日子，才是幸福。

步入晚年，对社会、对家庭承担的主要责任已经完成。应该“活回自己”了。于是，我们扪心自问：幸福在哪里？什么是自己想过的日子？这些看似简单的问题，却涉及了价值观和人生道路的选择。

我们的体会是，幸福像只三足鼎，由物质、精神、情感共同支撑。三足平衡，幸福鼎立，但也不是绝对平均。有人偏好物质，有人偏好精神，有人偏好情感；同一人在不同时期也会有不同偏好，这都无可厚非。但过分偏执，幸福就会打折扣，甚至倾倒。

时下的社会风气，过分追求物质了，忽略了精神，污染了情感，最终也让幸福缩水。

我们想过的日子，希望是这样的：俭朴的物质生活，丰富的精神生活，和谐的情感生活。旅游是我们的至爱，是能够满足我们偏好的生活方式。于是，我们颠覆传统养老观念，重拾童年旧梦，不畏艰险去周游世界。

环球旅行的路上，遇到许多困难和风险，吃不好、睡不好，并不适合物质享受，但我们十分快乐，因为我们更享受精神幸福。美丽多彩的世界，让我们大开眼界，获得了许多知识，知道了许多奇闻逸事，拍摄了几万张照片。我们自诩是“精神财富的大富翁”，不仅自己享用一生，也可以传给下一代，惠及他人。同时，经过“二次磨合”，第二次恋爱，夫妻情感得到升华。这一切，让我们觉得真正找到了属于自己一生的幸福。

这个多元的世界，包容了多元的幸福、多元的选择。每个人梦想不同，但对幸福的渴望是一样的。追逐心中的梦想，选择自己想过的生活，我们觉得，这就是幸福的真谛。

花甲背包客
2011年11月

Happy backpackers

I will accompany you to travel around the world

一、追梦，路其实没那么远

年轻时就梦想周游世界，60岁退休以后终于圆梦。是什么原因促使我们不畏艰险，自费自助周游世界？

“大串联”

退休前，工作并没有给我们提供多少外出旅行的机会。有限的几次，大多是借出差时抽空儿顺便玩玩，只是对单调日常生活的点缀。但我们心里一直怀揣着周游世界的梦想。

老公说：1966年“文革”时，我18岁，当红卫兵大串联，背个铺盖卷，全国到处跑。学当年红军两万五千里长征，走了一段长征路，头一天70多里，双肩勒出深深的血痕，脚上磨出了三个大血泡。还追随毛主席当年上井冈山的路线，步行上井冈山。

老婆说：“文革”时，我16岁，大串联从上海走到南通。后来去山西插队，上山下乡接受贫下中农再教育。有一次，我独自一人带着六件行李（帮其他知青捎带五件），坐火车从北京到山西运城，再转车到夏县，再走一百多里山路。天不亮出发，天黑满天星斗时，才到了我们插队的小山村。

我们是共和国的同龄人，年轻时的理想是，“解放世界上三分之二生活在水深火热之中的劳苦大众”。那时梦想周游世界，不是为了玩儿，是为了完成一个崇高使命。上山下乡、铁路建设兵团的经历，锤炼了我们吃苦耐劳的精神，无意中，为退休后周游世界做了精神准备和体力准备。

难忘户外徒步旅行

我们喜欢旅行，特别是喜欢到远离城市的地方去，感受大自然的美丽与神奇。那一次去梅里雪山徒步“转山”，不仅考验了我们的体力和意志，也经历了一次心灵的洗礼。

梅里雪山是藏民心目中的神山，“转山”有朝圣的含义，分为“大转”和“小转”。我们走的是小转路线，没有通车，只能徒步，因而能看到最原始的极致美景。

1. 太子十三峰

我们先去飞来寺，那里是远观梅里雪山的最佳位置。这一段路可以乘车，从香格里拉坐长途汽车到德钦，180公里，不算太远，但因为下大雪，交通中断。我们雇了辆小面包车，走了七小时。翻越海拔四千多米的百芒雪山时，面包车不断打滑，车速不足20公里，所幸没有出事。

飞来寺的客栈很多，但我们去的那天游客不多。早晨天气不好，我们住的客栈老板说，今天看不见“日照金山”了，因此我们在房间里磨磨蹭蹭。突然听到有人大喊：太阳出来了！太阳出来了！我们急急忙忙从房间里跑出来，手忙脚乱掏出相机，先是一阵狂拍，然后才慢慢品味雪山的美丽。

梅里雪山又称太子十三峰，位于云南西北“三江并流”地区，紧邻西藏，主峰卡瓦格博海拔6740米，是藏区八大神山之首，常年云雾缭绕，一年中只有60多天能看到它的真面目，特别是早晨阳光映照下“日照金山”的景致，更是难得一见。

浓密的乌云黑压压地布满天空，远远的天边矗立着巍峨的雪山，傲视着乌云。阳光从乌云上方射出，给雪山穿上金色的外衣。薄雾像轻柔的白纱慢慢从山脚下被风托起，徐徐披在雪山肩上，犹如洁白的哈达献给卡瓦格博爷爷。

威严壮丽的卡瓦格博爷爷和他温柔美丽的妻子——缅茨姆峰露出笑脸，太子十三峰依次从乌云中走来。神圣的雪山啊！保佑我们吧！我虔诚地跪倒在地，祈求神山的保佑。我买了当地藏民敬山的松柏枝和五谷，还有清水和经幡，在藏民指导下膜拜，敬献给神山。

风吹着乌云，慢慢飘动。清晨寒冷的天空，月亮挂在雪山右边，太阳照射在左边，日月同辉，阴阳聚合，真是神奇的景色。

风停了，乌云遮住了梅里，雪山又将自己掩藏起来。

1991年，中日联合登山队曾经攀登梅里雪山，开始天气很好，但在登顶时天气突然恶化，只好撤回。在等待再次登顶的时候，发生了特大雪崩，13位壮士全部遇难。

据说，当年遇难者家属来梅里祭奠他们失去的亲人，雪山始终藏在云后，不让人们看见。遇难者家属心里难受，面对雪山大喊亲人的名字。他们的悲伤和亲情感动了卡瓦格博爷爷，遮挡雪山的云层犹如被拉开的大幕一样，徐徐退去，美丽的太子十三峰展现在人们眼前。遇难者家属被这漂亮的景致震惊了，由衷地发出心声：美丽的神山，祝福你！安息吧，我的亲人！

直到今天，人类的足迹仍未踏上过梅里雪山峰顶。

2. 明永冰川

我们包车去看明永冰川，路上又加入一个广东女大学生和一个上海小伙子，一行共六人。背包客在路上经常不期而遇，结成伴侣，于是认识了许多新朋友。

明永冰川是在一条狭长的峡谷上端，下端植被蓬勃，融化的雪水不停地流淌着，滋润着万物，绿草茵茵，牦牛在山坡上吃草。我们沿栈桥往高处爬，银灰色的冰舌就在我们脚下，裂隙中的冰面呈湖蓝色，上面的冰川覆盖着皑皑白雪。

我第一次看到冰川，对冰川没有一点常识性的了解，只在电视节目中听过冰川对环境有很大的影响。这里的警示牌提醒游客：小心雪崩。

这里海拔3000多米，由于空手爬山，没有感觉到缺氧。参观冰川博物馆时才知道，中日登山队遇难者的遗物，就是在明永冰川被当地牧民发现的。后来，人们在冰川山脚下，给壮士们立了一座纪念碑。

3. 徒步去雨崩

从明永冰川到西当村再去雨崩村，就不通公路了，进出只能靠两只脚。当地人有骡马出租，可以驮运背包或乘坐。从西当村到雨崩有20多公里，爬升高度1000多米。我们上午9:30动身，由于雇的骡子没有按时到，只好雇一个村民帮我们背包。

在高原徒步需要付出的体力是平地的两倍，因为氧气稀薄，血液含氧量少，呼吸感觉困难，而且我们已经是快60岁的人了，为了保证穿越计划顺利完成，必须减少背负的重量。即便这样，还是感觉比平时累，在坡陡的路段感到心慌气短。我们出发前就开始服用红景天（抗高反的药），在路上感到不舒服时也服用，因而才没有出现强烈的高原反应。

通往雨崩的路，是人和马帮在原始森林中踩出来的。

路宽一米左右，两边是高大的针叶林，有的大树几个人都合抱不过来。树上挂着一种绿色絮状物，随风飘荡，无根无叶，雪花落下时，沾在上面，很美。据说这种植物对空气质量很敏感，挪到空气污染重的地方，很快会死去。还有一种树很高大，开小红花，像梅花，又不是梅树。植物茂密，有的地方看不到天空。路上有雪，很滑，有的地方雪非常厚。

这里介绍一下我们这支临时凑成的小队伍：我们夫妻二人，来自北京；小强夫妻二人，来自四川成都，他们有丰富的高原徒步经验，是我们公认的领队，始终负重徒步；小何，广州人，大一学生，靠奖学金出来旅游；小赵，上海人，第一次徒步，还没有装备，一步一滑走到雨崩，狼狈而又执著。大家来自五湖四海，之前都是陌路人，而今走到一起，互相帮助，克服了许多困难，这就是背包客精神。

为了预防高原反应，出发前专门买了一大壶酥油茶。据说到高原一定要吃本地食品，才能尽快适应高原环境，但多数人喝不惯酥油茶的味道，我们却喜欢喝。其实酥油茶就是奶酪和红茶加盐的饮料，喝一碗热乎乎的，既解渴

雨崩村牧场

又暖身子。

半路看到一家小店，店主是一个叫卓玛的漂亮姑娘，动作麻利地做好酥油茶和青稞饼，还请我们品尝了糌粑。糌粑是玉米加工而成的，抗饥饿。卓玛告诉我们，藏族人就吃这个。因为我们在小店吃了饭，就把带的酥油茶送给替我们背包的老乡，老乡请我们喝青稞酒。青稞酒绵绵的，不烈，我这个不喝酒的人还喝了一大口。

这里的人们特别淳朴、热情，路上碰到的任何一个藏民都会主动和你打招呼。他们还喜欢唱歌，唱流行歌曲，也唱藏族歌曲，清脆的歌声撒了一路，久久在林中飘荡。

这里的藏民长得很漂亮，五官线条清晰，高鼻梁、大眼睛，修长的身材、高挑的个子，但是高原紫外线太强，在他们脸上留下了特有的红斑。

继续前进，天上开始飘起雪花，本来就滑的路更滑了，我们的速度渐渐慢了下来。一路走来，发现一个现象：在藏区路上可以休息的地方都挂满经幡，在风中飘舞着，还有的经幡挂在特别陡峭的沟壑上，不知道是如何挂上去的。

看着前面又是许许多多的经幡，小强说那里是垭口，是今天路上最高的地方，海拔3400米。在垭口休息了一会儿，然后开始下山，速度逐渐加快，不久到了上雨崩村。替我们背包的老乡到家了，我们就自己背包继续走，翻过一条沟到了下雨崩，那就是我们今晚留宿的地方。

雨崩村分为上、下雨崩。上雨崩在山腰间，人口多，村子大，大部分驴友住在这里。我们住在下雨崩，村前是个牧场，还有座小寺庙，四周是高山，星星点点的白房子散落在山坡上，偶尔一两声狗吠打破了寂静。

旅游收入是当地村民主要经济来源之一，他们修建了简易旅馆，通常三四人一间，如果人多，是不分男女的，混住。还建起太阳能浴室，吃饭就在藏民居住的大屋里。

因为天气太冷，太阳能浴室的水管结冻，洗澡是不用想了，吃饭的水都是村民到山上背回来的。其实这里并不缺水，山上积雪融化的水在小溪中哗哗流着，只是这里的牲畜都散养，牛啊猪啊的都在小溪中喝水，走来走去，人就不能饮用了。

这是我们第一次走进藏民家，他们的房子高高大大的，一般分三层，底层是为牲畜准备的；二层住人，生活起居都在这里；最上层是放粮食的地方。盖一座这样的房子要30多万元，外墙用整根原木修建，房间里是木板隔墙，手绘的各种图案把房间布置得漂漂亮亮，柱子上挂着带角的牛头骨、鞭子及其他用具。宽敞的客厅正中是锅灶，对着灶的墙壁做成佛龛，供奉佛像，这是全家最重要的地方。我们就在客厅吃饭，米饭是用高压锅做的，馒头发黏，蔬菜很少，全部是从德钦运过来的。

我们睡在主人房间旁边的客房，夜里很冷，没有电热毯，被子还特别短，我们没有带睡袋，只好用包粽子的办法把自己裹起来，体验了一把“身在地狱”的滋味。

第二天一大早，从屋里出来，立即被眼前的景色惊呆了。薄薄的云雾从山脚下升起，飘浮在空旷的牧场，把本来就被白雪包裹的树啊、房子啊、小桥啊弄得朦朦胧胧。一条小路蜿蜒其中，伸向山林深处。喇嘛庙白塔前飘着五彩经幡，叮咚响处是壮硕的牦牛在悠闲地吃草，风景如仙境一般。

4. 冰瀑

昨晚在客栈留宿的背包客有十几个人，大家吃过早餐，陆续出发去冰瀑，这是必看的景点之一。到冰瀑的距离并不太远，村民说只有两三个小时的路程。

开始走得很轻松，我们像逛公园似的慢慢溜达。穿过牧场开始上山，路就不好走了。山上积雪很厚，一脚踩下去，鞋里就灌进了雪。太阳出来后，雪地反光，刺得眼睛很疼。我的太阳镜不合适，戴上反而头晕，后来和老公换了一副，不晕了。这是一个经验，一定要戴适合自己的太阳镜。

路过一条小溪时，一幅震撼心灵的景致展现在眼前：比足球场还大的空地上，密密麻麻地摆满玛尼堆，大的50~60厘米高，小的30~40厘米高，让人感受到了宗教的力量。我也堆了一个小小的玛尼堆，以表达我对这些转山人的敬重。

山路越来越陡，雪越来越厚，阳光越来越刺眼。我们艰难跋涉，终于爬上一个地势宽阔的平台。平台上布满了厚厚的雪，再往前是一个巨大的断崖，许多冰挂排列在断崖上，形成冰瀑，像瞬间凝固似的。这里就是今天的目的地了。

海拔3500多米，在晶莹剔透的冰雪世界，大家兴奋异常，小伙子和姑娘们打起了雪仗。有人脱光上衣，接受冰雪的洗礼。活力四射的年轻人，真让人羡慕。我们是早过了这样的年龄啦！唯一感到自豪的是，和年轻人一样站在了雪山上。

抬头看冰瀑，没有原来想象的那么壮观。我想，天气热起来的时候，是否会形成瀑布，不得而知。不过藏民称这里为神瀑是有他们的道理的，就如他们将路边的大树和石头都称为神一样，别人理解不了。

在这个美丽而神圣的地方，发生了一个浪漫故事：一位小伙子半跪在雪地上，向他心爱的姑娘求婚。大家衷心祝愿他们的幸福像梅里雪山那样美丽绵长，感情像白雪那样纯洁深厚。后来这对新人结婚时，请我们老夫妇去做证婚人。

5. 澜沧江峡谷

返程的路，我们选了雨崩—尼农—扎朗—西当。这条路稍远，不过都是下坡，沿澜沧江大峡谷一路向下，又是一番别样风景。

前半截是在一条沟里走，路况不是太好，需要向导，但是景色很美。大树、巨石、溪流、田野和羊群构成一幅幅优美的山水画，和雨崩的风景又不一样。雨崩的美是幽雅而深邃的，一种世外桃源的神圣的美，宗教的含义更深一些。

从雨崩走出20多里，绕过一个山坳来到澜沧江边，看到的就是另一番地貌。参天大树没有了，皑皑白雪没有了，清澈的溪水也没有了。只有光秃秃的山体裸露在阳光下，山石呈红褐色，仿佛被火烧过似的。峡谷宽旷，山体陡峭，谷底的澜沧江像一条蓝绿色的丝带，缓缓流淌着，不急不慌地奔向自己的目的地。苍凉荒芜中透着一种悲凉的美，让人惊叹、让人哀怨的景致。

这一路我们雇了一头骡子，一是怕体力不支，给大家造成麻烦；二是分担小赵的一些负担，小赵是第一次走这样级别的路，一瘸一拐的，走得很苦。就这样，还是闹了个小插曲，虚惊一场。

就在快到西当村的岔路口，落在后面的小赵没注意前边的人从哪里上山，一直往下走，结果走失了。这下大家急了，因为路太窄，下面是万丈深渊，小赵又是高度近视，真怕他不小心失足掉下去。我们就开始寻找，老公和小强原路返回好几里，最后发现小赵走了岔路。有惊无险，大家平安到达西当村，那里就有公路了。

前后我们用了五天时间，徒步近百公里，在梅里雪山腹地做了一次内转，饱览了雪山风光，感受了藏族人民的淳朴民风，体验了一把时尚户外活动，为我们的退休生活写下了难忘的一页。

从虎跳峡到阿尔卑斯山

2008年3月，我们走出国门，踏上周游世界的旅途。之前，曾跟团去过埃及、土耳其两个国家，感觉不过瘾，不自由，许多想看的风景看不到。于是，萌生了自助出国游的想法，但心中许多恐惧和担忧，绊住了脚。

去虎跳峡徒步穿越，对我们后来的旅行方式发生了深远影响。从那以后，周游世界就不再是梦想，而是一步一步变成了现实。

徒步穿越虎跳峡

2007年1月，经过几个月的策划和准备，我们踏上了去云南虎跳峡徒步穿越的旅程，这是我们第一次“上档次”的户外运动。

虎跳峡位于横断山和滇东高原交界地带，峡长17公里，一边是主峰海拔5596米的玉龙雪山，一边是主峰海拔5396米的哈巴雪山，金沙江穿峡而过，在两座大山夹持下，以雷霆万钧之势急泻而下，极为壮观。

我们背着行囊，行走在崇山峻岭的羊肠小道上，望着峡谷中奔腾而去的金沙江，一种奇妙的幸福感油然而生。

晚上，我们住在纳西族老乡开的雅阁客栈，恰逢这家主人娶儿媳妇，摆流水宴席，非常热闹。早就听说，到虎跳峡徒步的老外比中国人还多。我们那张小桌子，挤了八个人，就有六个老外。有澳大利亚人，有德国人，有美国人。大家一边吃一边大聊特聊各地的婚俗、旅游、徒步、环保，像个小联合国开会。

我们发现，有两个外国人，一句中国话都不会说，连最平常的“你好”都不会，居然也到这么偏远的地方来徒步旅游，感到非常好奇。

我们请一位华裔美国人做翻译，与一位看上去年龄较大的德国人聊起来：

“你真的不会说中国话、不懂中文？”

“是，一句也不会。”

“那你怎么能来中国旅游？跟旅行团吗？请导游吗？”

“不，我自己走。”

“自己走？”

我们非常惊讶，觉得不可思议，疑惑地望着这位金发碧眼的老者。

老外从背包里拿出一本像砖头一样厚的书，说：“我有这个。”

接过来一看，是一本英文版的旅行指南*Lonely Planet · China*。这是我们第一次见这本书。当时英语水平太差，基本看不懂，只认识“云南”“虎跳峡”这些拼音词。

这个德国人侃侃而谈，那副享受在异国他乡旅行的快乐表情，深深震撼了我们。

当时心里就想，外国人一句中文不会说，就敢独自来中国旅游，就敢到虎跳峡这么偏远的地方来徒步。老外能，我们为什么不能？出国旅游为什么一定要跟团？

当时暗下决心：我们一定要去国外自助游，一定要去阿尔卑斯山徒步！

从那时起，我们就开始全方位进行出国自助游的准备：学英语、学上网、了解签证知识、设定旅游目标、规划旅行路线、锻炼身体、购置装备……

一年后，终于鼓起勇气，背起行囊，迈出了出国自助游的步伐，实现了去阿尔卑斯山徒步旅行的宏愿。

第一次在阿尔卑斯山徒步

原本想去瑞士阿尔卑斯山区徒步，但当时瑞士尚未加入申根国，我们的申根签证无法进入瑞士，就选择了法国阿尔卑斯山地区。

在里昂老火车站的咨询中心，我对工作人员说："我们想去沙莫尼，能否给我们设计一个乘车方案？"

"沙莫尼？"柜台对面的法国人瞪大眼睛，盯着我们这两个头发花白、背着登山包的东方人，不知是惊讶还是羡慕。他一定知道，沙莫尼是阿尔卑斯山法国境内的登山和滑雪旅游胜地。

"对，是沙莫尼。"我肯定地说。法国人很快在电脑上查找路线、车次、换乘地点、时间等，打出一张单子，递给我们说：祝你们好运。我们谢过服务员，拿来单子仔细看。

从里昂到沙莫尼，要倒几次车：先从老火车站到新建的中央火车站，再从新站乘坐开往瑞士方向的火车，到阿纳西换乘去圣热尔瓦的车，然后再换乘山区轻轨火车，才能到沙莫尼。

那时，我们对欧洲火车还不是很熟悉，见换乘这么复杂，有点犹豫，担心半路遇上什么麻烦。

去阿尔卑斯山徒步穿越，是我们期盼已久的梦想。两年前，在云南虎跳峡徒步穿越时，碰见几个老外，一句中文不会说，居然也来穿越虎跳峡。老外能做到，我们为什么做不到？那时，就萌生了去阿尔卑斯山徒步的想法。

现在梦想就要实现，为什么要临阵逃脱？想到这里，我们义无反顾地登上了火车，颇有点儿壮士一去兮不复还的气概。

其实，用不着那么悲壮，事情根本就没有想象的那么复杂。车站咨询处设计的换乘方案，清晰地写明了换车的时间、地点、站台、车次等必要信息，只要按单子给出的方案去做就行了。

上午10点多从里昂出发，下午3点多到沙莫尼，加上换车等待的时间，共用了五小时。一路上，欣赏着车窗外的美丽风景，心情格外愉快，最初的那点儿不安早就跑到九霄云外去了。

沙莫尼坐落在一个狭长山谷中，宽不过三四百米，长度却难以测算。两面都是高山，山腰着以下覆盖浓密森林，山上仍是白雪皑皑。

出了火车站，我们找到了一家当地居民开的家庭旅馆。旅馆从外观到内部，都保留着法国乡村房舍风格。我们住的那间屋子，家具用本地原木做成，厚重而古朴。室内还有许多富有本地特色的小摆设、小挂饰，让人有置身于法国乡村农舍的感觉。

性格爽朗的男房东得知我们是从中国来的，用夹杂法语的英语说，他家从来没有接待过中国人，你们是第一个。

我们说：这个房间真漂亮，很古老很古老的家具，我们太喜欢了。他说：他家的东西都是老的、旧的，但从中国来的东西都是新的。他一边说一边指着自己身上的衬衣、牛仔裤、皮鞋，然后拿出手机说，这个也是中国制造。

男房东的话，让我们心里充满自豪。

安顿好住处，我们上街散步。四月下旬的沙莫尼，早晚还是很冷。街上游人不多，静谧而安详。

山区落日早。山顶上，积雪在太阳余晖下变成了淡金色，而山谷里已经是暮色沉沉。小教堂传出浑厚的钟声，在峡谷里回荡，凝滞而悠远。酒馆还没打烊，灯火阑珊处，三五个人在那里品酒聊天儿，悠然自得。

清冷的空气，浓郁的异国风情，令人如痴如醉而又心旷神怡。这一夜，我们睡得很晚，却睡得很香。

第二天上午，我们见到许多人携带滑雪器具，迫不及待乘缆车上了山，到海拔3000米以上的滑雪场去滑雪。山上积雪常年不化，虽已过了滑雪旺季，但滑雪迷们还是不想放弃这样的机会。

我们对滑雪没兴趣，来这里主要目的是爬山，满足一下在阿尔卑斯山徒步的虚荣心，回去好吹牛。

我们拿着地图，看不明白哪里有上山的徒步路线。找人问，不知是我们听不懂，还是人家说不清，总之还是弄不明白。干脆自己摸索着走。在国内，我们经常爬野山，自以为有点儿户外经验，不用担心迷路。

费了一番周折，在小镇边儿上，终于找到一条上山的路。不管三七二十一，顺路走进

拄根拐杖

了林区。

我们沿着山路向上爬，林子越来越密，没有见到其他游人。老婆有点儿害怕，说我们回去吧。我说没事，在国内，这样的山路见多了，有什么可怕的。

又走了一个多小时，来到一片空地，堆放着一些已经腐朽的原木。原来我们走的是一条废弃的拖运木材的路。

前面已经无路可走，只好返回。在一个岔路口，远远看见两个人从另一个方向朝镇上走，我们就反其道而行之。不一会儿，发现一个拓展训练中心，栏杆外侧的小路上，有一块指示牌，这正是一条徒步路线的入口。

我们一下子又兴奋起来，顺着这条徒步道一直向上攀登。一路上，还是没有碰到其他登山者。

穿过一条中间带齿轨的登山火车铁道，我们攀上一块大石头，看到下面一列红色的登山火车缓缓爬上来。车上坐满游人，使劲向我们挥手，我们也边挥手边大声叫喊。

沙莫尼的冬天是滑雪旺季，夏天是徒步、登山旺季。四月份，不旺也不淡，有少数人来滑雪，另一些人乘登山火车上雪山游览，看千年冰川；或乘缆车上南针峰，朝拜勃朗峰。但我们不知道为什么爬山的人却不多。

徒步道每隔一段就有指示牌，清晰地标明所处方位、各个路口的去向。按照路标走，是不会迷路的。

继续向上攀登，穿过松林、白桦林，植被发生了明显变化。我们一直走到雪线以上，看到一座木头小房子，房门紧锁，周围空无一人。靠峡谷的一边，修了一个很大的观景台，还摆了桌椅。我们坐在椅子上休息，拿出携带的食品、啤酒，一边吃一边欣赏风景。

长长的峡谷，夹在两座雪山中间。峡谷里，一条又细又长的公路串起四五个村庄，公路上零零落落地有几辆车在爬行，看上去比小蚂蚁还小。对面山上，陆续飞出几个色彩鲜艳的滑翔伞，在蓝天、白云、雪山、森林的映衬下，慢慢向山谷的一块绿地飘去。

看了看GPS，显示海拔1650米。沙莫尼镇的海拔高度是1035米，我们已经爬升了600多米。

歇了一会儿，我们继续向上爬。走到一个山坳，发现积雪很厚，但踩上去很松软，有点儿陷脚，说明雪已经开始融化。这里海拔并不高，1700米左右。我们在云南和西藏交界的梅里雪山“内转”时，爬到了4000多米的高度，但那是在冬天。

阿尔卑斯山，走哪里呢？

而且，沙莫尼纬度较高，相当于我国东北的哈尔滨，因而雪线的海拔高度反而较低。现在是四月底，是雪线地带容易发生雪崩或滑坡的季节，穿越雪线是很危险的。

突然明白，这正是现在爬山的人少的原因。本想爬到1900米高的登山火车站附近，去看千年冰川，远观勃朗峰，现在怕是不行了。可是，离目标最多还有半小时路程，就这样放弃，又太遗憾了。

继续向上还是就此返回？思想斗争了半天，最终理智战胜了激情。安全第一，我们决定往回撤。但心里还是有所不甘，这才有了到德国贝希特斯加登再次徒步的经历。

60岁的人生目标：周游世界

我们夫妻俩都60多岁了，却不喜欢“老年人”这个词，显得暮气沉沉、日薄西山，即使是夕阳红，也离坟墓不远了。

喜欢年轻人，意味着激情、活力、希望、未来。所以造一个新词描述自己：花甲青年；还起了个共用网名：花甲背包客。

我们希望颠覆传统的养老模式，退休前两年就开始规划退休后的生活。总的想法是：不在家门口的小公园和医院里度过晚年，遛狗、养鸟、种花、抱孙子这样颐养天年的安逸生活，不是我们的期待。我们希望抓住人生的尾巴，活得更精彩。

于是，我们选择了新的人生目标：周游世界。

对于我们来说，旅游不再是对生活的点缀，而是一种养老模式，一种健康快乐的生活方式。我们依然像孩子一样，睁着好奇的眼睛，望着这个多彩世界，去探索、去追寻。

周游世界，并不总是轻松快乐，还要克服许多困难和风险。下面的文字，是我们180天环球旅行出发前，于2011年2月10日发在博客上的一篇告白。之前，由于签证费尽周折，搞得身心俱疲，所以这篇告白的字里行间，有些悲壮，有点儿矫情，却真实表达了当时的心情。

环球旅行的告白

经过三个月努力，一波三折、三波九折，终于拿到澳大利亚、南非、阿根廷、美国、墨西哥五国签证，环球路线图的主要节点已经贯通，其余签证拟在第三国申请或落地签。

规划一年、梦想已久的环球之旅进入倒计时，就要付诸实施了。行程：北京—南非—阿根廷—南极—巴西—秘鲁—美国夏威夷—新西兰—澳大利亚—北京。180天走完全程。

订购星空联盟的环球机票，跨越亚洲、非洲、南美洲、北美洲、大洋洲，以及印度洋、大西洋、太平洋，在“世界尽头”阿根廷乌斯怀亚，寻找“最后一分钟”科考

厄加勒斯角 · 南非

古巴人民很热情

美丽 · 巴西萨尔瓦多

船或破冰船，去膜拜南极冰雪世界。

行程如此令人激动，内心充满期待、向往而又忐忑不安！

一路精彩纷呈：在南非好望角看印度洋与大西洋交汇的波涛汹涌；在秘鲁安第斯山，徒步印加古道朝觐马丘比丘；在巴西马瑙斯，探寻亚马孙热带雨林；然后是惬意夏威夷，自驾澳大利亚去看艾尔斯岩，徒步新西兰南岛峡湾……

人文景观、异国风情更是魅力无穷：在南美殖民地风情浓郁的小镇上徜徉，在远离城市喧嚣的葡萄酒庄园小住，在的的喀喀湖畔造访印第安人原住民漂浮在水上的茅屋棚舍。还有阿根廷、巴西的足球，忧郁的探戈、狂放的桑巴……

还有种类繁多的野生动物：蓝鲸、企鹅、驼羊、陆龟……

精彩与风险相伴，美丽与困难并存。我们深知，180天环球之旅，并非都是轻松愉快。

在遥远而陌生的国度，语言不通、身体病痛、迷路、受骗、失盗、遭劫、车祸……风险无处不在。不可预知的天灾人

切·格瓦拉故居
（阿根廷科尔多瓦）

祸，随时可能不期而遇。种种未知和不确定性，常常让我们陷入焦虑和恐慌。

每一段旅程，都横亘着无数困难和风险。美丽风景和异国风情，却因隐藏在困难和风险背后，更显得神秘而具有无法抗拒的魅力，吸引我们义无反顾去探寻。

我们已不再年轻，白发苍苍却依然做着儿时旧梦，追寻梦中幸福。几十年生活经验告诉我们：有梦就有快乐，而快乐总是躲藏在困难背后。周游世界的旅途，让我们不断重复一种体验：困难背后是快乐，而穿越困难得到的快乐会翻倍，再翻倍！

人生就是在困难与快乐之间穿行，穿越困难和风险，去构筑属于自己的精彩人生，如此循环往复，直至生命终结。

我们随身携带笔记本电脑，只要在能上网的地方，将尽可能全程直播行踪和路上见闻，与大家一起分享旅程的精彩和美丽，还有尴尬和艰辛。

我们也期待与其他背包客同行。在每一段旅途中，如果有缘，我们会在路上相见。

半年以后，我们按原定计划，圆满完成了环球旅行，又在博客上写了下面的文字：

顺利完成环球自助游之旅

我们成功了，自费自助游了南半球一圈，完成我们当初订的计划：环球自助游。我们走了6个月，180天，到了14个国家和地区，拍了几万张照片。

一路有无数的人帮助我们，非常感谢那些帮助我们的人，也非常感谢那些在网上关注我们，给我们支持的网友，同时也感谢我们的家人对我们的支持。

一路困难重重，除了因为语言不通的困难以外，还有许多危险和不可知的因素造成的困难，被我们一一克服了。

最大的收获是，在旅途中，我们夫妻二人的感情更加牢固了。没有这个做基础，我们也很难走下来。人生的路就是相扶相帮，在困难中相互恩爱，克服困难。没有一帆风顺的路，却有永远走下去的路。

现在回想起来，我们自己也认为自己了不得。

2月17日从家里出发的时候，我们手里只有美国、澳大利亚、墨西哥、阿根廷、南非五国签证和南极船票两张。

因为许多困难，我们已经没有时间在北京继续签证了，就是这样，老公依然把环球机票定了下来。如果南美其他国家的签证在第三国签不下来，我们在阿根廷只能待到4月4日，就必须离开。那样，我们只能回到美国或者墨西哥，南美之行就有可能完成不了。而从美国到澳大利亚的机票是6月的，我们再游一次美国和墨西哥，或者改签机票，都要损失很多钱。最最重要的是我们一定备受打击，这次计划就等于失败了。

从哪方面来说我们都承受不了，金钱、时间、体力。所以，孤注一掷，勇气和信心都是必要的。同时，做好功课也是必需的，这是老公的功劳。

14个国家，各有各的不同，都有美丽的一面，也有负面的东西，我们喜欢他们的

哥斯达黎加火山

美丽。

南非我们只走了开普敦一地，因为有朋友接待，而且她本人是导游，这样，我们可以不仅仅看到美丽的风景和具有标志性的地理景观，还进入了南非人的家里，从另一个角度观察非洲世界，虽然是短暂的，但是对于我们的旅游事业是一个非常难得的机会。

南极就不用说了，冰雪世界的壮观、独特、震撼和南极动物的可爱，都是不到此地感受不到的。

阿根廷对西班牙文化的继承和保留是非常彻底的，因此，他们认为自己是南美最白的国家，加上忧郁的探戈和美味的牛排，让阿根廷这个距离南极最近的、远离世界的国家别具一格。

巴西是一个热情洋溢的地方，既有亚马孙的浪漫神秘，又有伊瓜苏的大气磅礴，使巴西和任何一个国家都有不一样的风格和民情。

秘鲁人民的勤奋和努力让他们的生活幸福，又保留了古印加帝国的高雅骄傲，而安第斯山高原的无限风光给世界一个充满回忆的地方。

历史曾经让南美的人民痛苦和压抑，而现在，南美各国都有各自发展的方向，展现给世界各地的旅游者一个全新的、独特的南美。

因为签证，我们在南美只走了三个国家，但是在这些有代表性的国家，完全能够感受到南美的风情。

中美洲的小国因为有美国的有效签证就可以进入，我们选择了有悠久历史、享誉世界的巴拿马。巴拿马因运河而闻名世界，运河给巴拿马带来财富和世界各国游客。

哥斯达黎加，一个以前没有听说过的国家，居然有非常丰富的旅游资源，把热带雨林建成国家公园保护起来，合理开发利用，让当地人既有收入又不破坏环境，是非常值得推广的一种方法。

在美国是补课过程，第一次坐游轮，体验另一种旅游方式，同时也近距离地看到美国普通民众的生活。

加拿大落基山的班芙国家公园路易斯湖

SPORT GO

南非开普敦桌山

那些坐游轮可以靠岸的国家都有着得天独厚的旅游风光，以此来挣外汇，非常合适。

澳大利亚是我们继南美之后最深入旅游的国家，自驾15000公里，看到广袤的草原、沙漠，海岸线的美丽和旖旎，被澳大利亚丰富的自然资源折服。

我们在南极露营，在亚马孙睡吊床，在教堂参加黑人的复活节弥撒，在马丘比丘寻找历史，在大湿地游泳，在周末市场看人生百态，在城市中体验民众情趣，在星空下与篝火为伴，在青年旅馆与各国朋友交流，还因生病住院知道旅游保险的重要性。

180天，6个月，半年的时间，在我们60多岁的人生时间里并不多，但是，这是我们非常值得炫耀的一段时间，非常值得骄傲的一段时间，是我们晚年生活的一段精彩时光。

我们用行动告诉大家：中国人也可以这样去看看外面世界的精彩。行动吧，世界是美丽多彩的，不论你年轻还是年老，都可以看到。

我们的足迹

我们的旅行经历，先是在国内，以不同方式走了20多个省市自治区，大多是自助游、自驾游。我们偏爱徒步旅行。从2004年开始，常参加一些时尚户外活动：徒步穿越、野外露营，走遍北京周边的山山水水，还去了小五台山、太行大峡谷、虎跳峡、梅里雪山、四姑娘山、珠峰大本营、雅鲁藏布江大峡谷、南迦巴瓦峰、新疆塔克拉玛干沙漠等地。

这里以北京为中心，由近及远、由易到难，简单说一下我们走过的十条徒步路线。

第一条："香八拉"线，北京驴友的入门级徒步路线。

"香八拉"是指在北京西部，在香山公园和八大处公园后面的野山上拉练。包括东西穿越、南北穿越、环线穿越等若干条路线，长度10~40公里不等，爬升400~800米。景点有玉皇顶、猴子崖、打鹰洼、陈家庄水库，还有若干处寺庙。

这几条路线，我们已走过无数次。由于是野山小路、植被茂密，五年前，来这里徒步的人还比较少。近年来，喜欢户外运动的人越来越多，到节假日，人多得简直可以与香山公园、八大处公园比肩了。

所以，现在再去"香八拉"，感觉就像在附近公园里遛弯一样。

第二条：京西古道，北京驴友的初级徒步路线。

京西古道，位于北京西部山区，包括南、北、中三条，从太行山东麓一直向西延伸。

现代交通工具出现前，这里是北京通向山西、内蒙古的经济、军事要道，现早已废弃荒芜。但穿过断壁残垣，拨开草丛灌木掩盖的石板路，仍然可以想象到当年的繁华。韭园西落坡村的马致远故居，他那首"枯藤老树昏鸦，古道西风瘦马，断肠人在天涯"，峰口庵附近的"蹄窝"——马队、驼队在坚硬的山石路上踩出的一串串小坑，总能让人想起昔日里无数京华旧梦，引发怀古之幽情，感叹世事之沧桑。

近年来，政府把京西古道作为重要旅游资源来开发，修复和重建了不少景点。坐公交车花五元钱就可以到达古道的起点，然后选择不同难度和长度的路线徒步，这里是我们爬山、锻炼身体经常去的地方。

第三条：灵山徒步路线，北京驴友的中级徒步路线。

灵山是北京西部最高峰，在这里徒步穿越，通常需要在野外扎营露宿，有一定难度，特别是冬季，曾发生过数起山难事件。

第四条：小五台山徒步路线，是北京驴友的徒步胜地。

位于河北省蔚县，最高峰东台海拔2800米。这里有美丽的高山草甸，每到夏天，满山遍野都是漂亮的金莲花。

去小五台山穿越，需要重装，带足饮用水和干粮，每人登山包重30多公斤。我们选择了最难走的“北一东”线，在山上露营两晚，其中一晚是在海拔2400米的北台扎营。

第五条：太行大峡谷徒步路线。

位于河南、山西交界的太行大峡谷，是当年的抗日老区。那里最令人震撼的是红旗渠、“挂壁公路”。

路是在陡峭的山崖上，完全靠人工，用斧子、凿子，在坚硬的山石上一点一点开凿出来的。你到了那里，就知道什么是“愚公移山”了。这条路线，地形复杂，多次爬升下降。我们用了六天时间，完成了这次穿越。

第六条：四姑娘山毕棚沟—长平沟穿越路线。

在这里，我们遇到了最严重的高原反应。住毕棚沟的第一个晚上，整夜头痛欲裂，脑子里想得最多的几句话，就是出门时留给女儿遗书里的那些文字（我们每次长时间出游，都要作各种防范风险的准备，写遗书是其中最具“悲壮”色彩的）。

第二天下暴雪，垭口处积雪齐腰深。向导说，这样的天气无论如何都过不去了。于是，我们只走了一段路，最终没能完成这次穿越。

第七条：云南虎跳峡徒步路线。

穿越位于云南金沙江上游的虎跳峡，一般用时三天。据说最早是西方人发现了这条徒步路线，在*Lonely Planet*上向全世界推荐，于是很多老外都来走这条线。

我们感觉，虎跳峡名字唬人，徒步的难度却不是很大，尚不及小五台山。峡谷山路一

西藏南迦巴瓦峰

挂壁公路·太行大峡谷

般在海拔2000米左右，两边是玉龙雪山和哈巴雪山。

第八条：禾木到贾登裕。

新疆阿尔泰大喀纳斯地区最漂亮的徒步线路，可以走一天，也可以两天，半路有客栈可以住宿。我们用一天时间，走了十小时，完成了这次穿越。

第九条：雅鲁藏布江大峡谷。

到世界上最深最长的大峡谷徒步，是我们西藏、尼泊尔之行的计划之一，但因意外得病，我们只走了其中一段从派镇到直白村的28公里路程，花了5个多小时。三分之二走公路，三分之一走山路，目睹了号称中国最漂亮的第一名山——南迦巴瓦峰的真面目。据说除了冬天，其他季节它总是云雾缭绕，犹如披着面纱。

第十条：梅里雪山“转山”徒步路线。

从德钦县城坐车到西当、温泉，住一晚，第二天自带干粮和水，开始徒步。温泉海拔2600米，雨崩海拔3100米，中途翻越海拔3900米的那宗拉垭口，徒步18公里，当晚住下雨崩，第二天去神瀑、冰湖。回程选另一条路线：雨崩—尼农—扎朗—西当，这是一条澜沧江上游20多公里的徒步小道。

走这条路，我们领略了什么是“身在地狱、心在天堂”。那种奇妙的感觉，深深刻在我们心底，永不泯灭。

国外，已经去过40个国家和地区：

2005年1月至2005年1月	土耳其　埃及（跟团）
2008年3月28日至2008年6月23日	希腊　意大利　西班牙　葡萄牙　法国　荷兰　比利时　卢森堡　德国　捷克　匈牙利　奥地利　挪威　丹麦　瑞典　芬兰　荷兰
2009年1月至2009年1月	尼泊尔
2009年9月15日至2009年12月28日	美国　墨西哥　加拿大　古巴
2010年7月17日至2010年8月2日	俄罗斯
2011年2月17日至2011年8月15日	南非　新加坡　迪拜　美国　阿根廷　南极洲　巴西　秘鲁　巴拿马　哥斯达黎加　英属大开曼岛　伯利兹　洪都拉斯　墨西哥 澳大利亚

在国外旅行，我们依然偏爱徒步。城市游览，主要靠走路，因为这是了解一个城市的最佳方式，常常一天暴走八九小时。

也走过一些户外徒步路线，主要有：

阿尔卑斯山法国境内的滑雪胜地沙莫尼，徒步5小时、爬升600米。到达雪线后，由于正值雪崩多发期，担心发生意外，没有继续向山上爬。

阿尔卑斯山德国境内的贝希特斯加登，从碧玉湖、魔幻森林到贝希特斯加登城区，第

二天又从国王湖徒步回到贝希特斯加登，总计20小时。

在美国大峡谷国家公园徒步，本想走到谷底，由于大雪没膝未能如愿，只走了一多半；在冰川国家公园原始森林中徒步，由于遇到修路，也只走了一段；在雷尼尔山国家公园徒步，爬到了山顶，走完了全程。

在秘鲁，原计划走印加古道，因老婆生病住院，只走了一小段，留下了遗憾。最后是坐车上山去看了马丘比丘。

在中美洲哥斯达黎加阿勒纳尔火山国家公园，穿越热带雨林去看火山，往返徒步八小时，穿过藤蔓缠绕、遮天蔽日的丛林，去看奇形怪状的火山熔岩区，十分刺激。

在澳大利亚北领地乌鲁鲁国家公园，围绕乌鲁鲁巨石（艾尔斯岩）徒步一圈；在另一处著名景点卡塔丘塔，徒

珠峰大本营（左上）

重装穿越小五台（左下）

步穿越了“风之谷”。

国外徒步旅行，会遇到更多困难，语言不通，信息较少，限制了活动范围。虽然留下不少遗憾，但给再次去境外徒步提供了理由。

我们已在世界七大洲留下足迹，六次穿越赤道，最北进入北极圈，最南到了南极洲，还去过地球第三极——海拔5200米的珠峰大本营。世界很大，还有许多地方没去过，我们还要继续走下去。

热带雨林·哥斯达黎加

Happy backpackers

I will accompany you to travel around the world

二、穿越艰难看世界

快乐藏在困难背后。穿越困难和艰险，才能找到更多的快乐和幸福。

该死的英语

语言不通，曾是阻碍我们出国自助游的主要因素。出了国，人生地不熟、两眼一抹黑，基本上是瞎子、聋子、哑巴，迷了路怎么办？遇到坏人怎么办？遭遇车祸怎么办？语言不通导致的对异国他乡的巨大恐惧感，想起来心都发抖。

也曾打过退堂鼓。也曾抱怨，干吗要有那么多语言？大家都讲一种语言该多好。

我们的外语基础，是“文革”前老三届的水平。我学英语，老婆学俄语。以后近40年，除了恢复高考、评职称时偶尔应付一下外，基本没再学过。萌生了出国自助游念头后，我开始重新自学英语，从未接受专业培训，出国前也未与外国人对过话。尽管非常刻苦，毕竟人老了，记忆力严重衰退，成效不大。一句话念一百遍都记不住。

每到这时，我总是骂一句：该死的英语！

就这样的水平，还是走出了国门，靠的主要是勇气。

很多人不相信，英语太烂，也可以出国自助游。开始，我们自己也信心不足、心情十分焦虑。

希腊雅典是欧洲之行第一站。入境、过海关时，心咚咚直跳，生怕人家不让入境。事先准备了一张英文字条，上面写着访问目的、酒店地址、停留时间，嘴里念念有词，不停地重复这三个问题的答案，准备移民官提问时回答。结果，人家头都没抬就在护照上盖了章。

在候机楼外广场上，人流穿梭，我们两眼茫然，呆站在那里，不知该怎么走。

老婆催促老公去问路，说：“你快去问路呀，怎么不说话？”

我说：“我得想想，想想问路的那句话怎么说。”

老婆说：“原来你不会说外语呀，就这样把我骗到国外来啦？”

老婆自己连26个英文字母都认不全，更谈不上会听会说了。一年多来，天天见我在那里嘀里嘟噜念个不停，以为英语早过关了。出了国才知道，我连最基本的问路的话还得想半天。

法兰克福是欧洲之行的最后一站。在机场办登机手续时，柜台服务员问有无退税商品，办了退税手续没有？我们呆呆地毫无反应。恰好旁边一个在德国留学的广州女生给我们当翻译。广州留学生听说我们在欧洲玩了三个月居然不懂外语，十分惊讶，一个劲儿问我们是怎么走下来的。

其实，只要克服了心理障碍，树立了自信心，语言障碍并非不可逾越。

我们的体会是：出国自助游，外语非常重要但并非必要。外语能力的底线，高中甚至初中水平（口语）就算及格。会看地图会问路，别把自己玩儿丢了；能找到旅馆住，别露宿街头就行。如果是短期旅行，即使一句外语也不会说，只要事先做足功课，也可以顺利旅行。

以我们的外语水平，跨越语言障碍使用了六招：

（1）关键词加肢体语言

特定环境下，关键词加肢体语言，是非常有效的交流方式。

在威尼斯找旅馆，我们问老板：双人间多少钱一晚？老板说90欧元。我本想说“太贵了，能不能便宜点儿？”可怎么也想不起“便宜”“打折”这些词怎么说。于是，干脆用中文说：太贵了！太贵了！一边手高高举起，然后手掌向下，使劲往下压。老婆也用中文说：便宜点！再便宜点！

老板一看就明白了我们的意思。经过几个回合的讨价还价，居然60欧元就拿下双人间。

（2）卡片纸加笔

在乘车、住店、问路、购物、换汇时，如果怕说不清楚，就要把重要数字和关键词汇，写在纸上加以确认。特别是地名、地址、时间、金额（阿拉伯数字），一定要写在纸上让对方看，避免误解。

有一次住店，就因为没有用纸笔确认住店天数，发生了小小的不愉快。

那是在维也纳，赶上欧洲杯足球锦标赛开幕，酒店爆满。我们背着大包在街上走了三个多小时，愣是没找到合适的酒店。后来根据旅行指南上的信息，找到一幢学生公寓，很干净而且价格便宜，双人间带卫生间每晚50欧元。欧锦赛期间能找到这样的住处，简直就是奇迹。于是我们住了下来。

在柜台登记时，说好住两个晚上，付款收据却只有14欧元。我们看不懂收据的德文内容，猜想这一定是钥匙押金，不可能是两天的房费。但心里有点儿不踏实，就再次回到柜台，跟服务员说我们要住“two nights（两晚）”，服务员也再次确认“no problem（没问题）”。

第二天，我们去市政广场，参加专门为欧锦赛举办的露天音乐会，高高兴兴玩儿了一天。晚上回到公寓，发现电子门锁怎么也打不开。去前台问讯，答复说：你们只登记了一个晚上，那个房间已经给别人了。你们的行李在这里，说着指了指柜台后面。

我们一听脑袋就炸了。明明登记了两个晚上，为什么变成一个晚上。而且未经同意，就把我们的行李拿出来，实在太可恶了。当时非常愤怒，一着急，嘴也变利索了，平时想不起来的英文词，一个个都蹦了出来。

柜台值班员换了班，昨晚的女青年换成一个40多岁的中年男子。我高声对中年男子说：我们明明登记了两个晚上，而且到柜台两次确认过。这是你们的错！不是我们的错！

中年男子倒是不急，面无表情、不紧不慢地说：也许，也许你们是对的。但是你看看这个单子。我们一看，是头一天登记时开给我们的收据存根，上面是德文，我们当然看不懂。

我们觉得受到不公正待遇，背后一定有什么原因，但又说不清楚。只好无奈地说，天已经黑了，总不能让我们睡在大街上吧？

中年男子说：双人间没有了，只有多人住的大房子，而且是上下铺，公共卫生间。男女要分开住。

我和老婆商量了一下，没办法，就分开住吧。谁让我们看不懂德文收据呢？如果当时请服务员用英文写在纸上、白纸黑字加以确认，就不会发生后来的事。但为什么不让我们住双人间，一直都没搞清原因。“two nights”这两个词太简单了，不可能发生误解的。

不过，和不同国籍的年轻学生同住一个房檐下，也是非常特别的一种经历。老公住进一间四张床的男生宿舍，与另外三个日本学生同住。大家礼节性地打招呼，得知对方国籍后，气氛有点儿不自然。不过还是一起照了相，留作纪念。

老婆住进一间四张床的女生宿舍，还有两个德国女生、一个马来西亚女生。其中一个德国女生曾在北京留学，会讲一些中文，聊了不少北京的事情，老婆原本沮丧的心情变得好多了。

（3）应急外语小册子、电子辞典

欧洲国家通常使用本国语言，但年轻人大多会讲英语，旅游从业人员一般可用英语交流。但也有许多人不讲英语，有的是不会讲，有的是出于民族自尊心不愿意讲。所以，即使英语很好，有时也不一定管用。

为了应付各种不同语言，行前，我们买了西班牙语、意大利语、法语、德语的应急小册子；还买了一个内装八国语言的电子辞典。到关键时刻，还真起点儿作用。

最典型的一次，是在西班牙科尔多瓦家庭旅社，因丢失洗漱用品与房东产生了小纠纷，最后借助西班牙语应急小册子作了妥善处理。

在非英语国家旅游，如果掌握了所在国最常见的问候语，如“你好”、“谢谢”、“再见”，你会发现，许多事情会变得容易一些。我们在欧洲转一圈下来，学会了用五种语言说“你好”，也是一个小小的收获。

（4）旅途约伴、找免费导游、免费翻译

这个办法简单实用，效率很高。

我们在从希腊到意大利的船上，结识了一对美国年轻人。在意大利南部那不勒斯、庞贝古城旅游，就请他们做导游。所有乘车、购票、问路、与当地人交涉的事务，都由二人代理，我们只管省心省力跟着玩儿就行了。

去尼泊尔旅游，我们先与在拉萨认识的一个小伙子结成伴；到了加德满都，又认识了英语讲得不错的一个姑娘，大家临时组成一个小团队，姑娘当导游兼翻译，游遍了加德满都的著名景点。

不过，这个办法也有缺点，就是偶然性大，可遇不可求。通常，在国际青年旅舍约伴比较方便，常常能碰到许多独自旅游的背包客。但能不能结伴儿，还要看缘分和你的交际能力。

（5）找当地华人、华商、留学生当翻译

有句话说，地球上有人的地方，就有华人。

海外华人有很深的乡情、乡愁，关心国内的事情，也愿意与出国旅游的人进行交流。

与他们聊天儿，话题广泛，有时很有深度。

在瑞典南部城市马尔默的一座教堂内，我们碰见《21世纪经济导报》的记者熊小姐，请她当翻译，与当地一个女记者讨论了很多有深度的话题。

所以，找当地华人交谈，是了解欧洲各地民风社情的一个有效办法。我们采取这个办法，加深了对欧洲一些地方的了解，以及对一些复杂问题的认识，受益匪浅。

学外语 · 德国

“五元钱？” · 墨西哥印第安小贩

（6）重大问题找使领馆求助

一定要记下我国驻旅游目的国大使馆、领事馆的地址、电话，一旦发生自己无法处理的重大事件，最好是联系使领馆，避免因语言不通造成误解，遭受伤害和损失。

总之，出国自助游，语言障碍不是不可跨越的。试想，一个老外来中国，一句中文不会说，在街上拿着地图问路，你会嘲笑他吗？非但不会，而且很佩服他的勇气。

中国人到了国外也是同理。行走世界，经常碰到有人对我们挑大拇指。特别是在乡下或小城镇，当那些淳朴善良的当地人，向我们投来羡慕和钦佩的目光时，一种发自内心的自豪感油然而生。

语言不通，是出国自助游的巨大障碍，但绝不是不可逾越的障碍。其实，因语言不通引起的内心恐惧、缺乏自信、怕人笑话的心理障碍，才是首先要克服的。

签证！签证！

每次出行，都要花费大量时间、精力去办签证。烦琐的表格、详细的行程、户口本、身份证、房产证、拥车证、银行存款，各种资料的翻译件、公证书、认证书，有的还要交几万元押金，把家产翻个底儿朝天，把你剥得像“透明人”一样被审查。

签证之难、签证之痛，只有在你持因私护照去某国大使馆申请签证时才能体会到。比起走在路上的感受，申请签证是一段艰难而痛苦的旅程。

继环游欧洲90天、北美105天后，我们的计划是绕南半球一圈，重点是南极、南美洲和大洋洲。按这个计划，出发前至少要有五个签证，其中至少有一个南美国家签证，才能把各段旅程衔接起来，完成环球之旅。

我们已经拿到澳大利亚、美国、南非、墨西哥四国签证，还缺一个南美签证。

原以为，已经有了良好的出国记录，申请南美签证应该比较容易了，谁知才不是那么回事儿。

有驴友说，去南美是中国背包客的最高级别，不仅因为那里太遥远、生活条件艰苦、治安不好，更因为南美各国签证最难办。

是啊，为了这个南美签证，搞得我们几乎精神崩溃。

1. 巴西签证

先是得知巴西对华开放了个人旅游，惊喜之余，急忙上巴西驻华使馆官方网站查阅，确认信息属实。遂决定先申请巴西签证。心想，只要拿到南美一个国家的签证，加上其他4个签证，环球之旅就可成行，其余签证到第三国再办。

严格按照巴西使馆官网的要求准备材料，并按规定的九步流程一步一步进行，到中信银行交了签证费，预约了去大使馆面签的日期、时间。

那一天，早早来到巴西大使馆，进入签证处，把护照、签证申请表、缴费收据、一大堆申请材料，递给工作人员。

前台工作人员都是中国雇员，当然是用中文交流。

一位女士接待我们，冷冷地问："去巴西做什么？"

我们答："去旅游，申请个人旅游签证。"

女士放下手中材料，抬起头来看了我们一眼："你们自己去旅游？"

"是。我们已经去过欧美许多国家。"

"这里不受理个人申请，要通过旅行社，你们去找旅行社吧。"

"可是，使馆官方网站上明明写着，可以由申请者本人递送申请的。"

"那是你们的误解。"女士把材料推了出来。

"使馆官网上有中文，申请签证的九步流程，写得清清楚楚。我们完全是按规定做的。"

"去巴西旅游，要有旅行社担保。你们个人怎能自己担保自己，怎能担保访问巴西后一定会回国？"

"我们有良好的出国记录，还有澳大利亚、美国的有效签证。还有这个……"我们展开一张英文版《中国日报》，上面有关于我们夫妇周游世界的报道和大幅照片。

女士不耐烦了："我不看这些，你们走吧。"

我们捺着性子，强装笑脸对女士说："我们想见签证官，能否通报一下？"

她不理我们，转向另一位工作人员说："这两个老头儿老太太想自己背包儿去旅游，你说可笑不可笑？"

一种巨大的屈辱感、挫折感袭上心头，却又十分无助、无奈。

给不给签证，是一个国家的主权。签证政策的解释权在人家手里，你有什么脾气？

然而，我们到南非后，去巴西驻开普敦领事馆，同样拿出了那张英文版《中国日报》，领事十分欣赏，很快批准了我们的申请。这是后话。

从使馆出来，十分茫然。白交了340元签证费不说，还窝了一肚子火。

环球旅行，不确定因素太多。规划行程，预订机票、酒店，申请签证，各种因素相互制约，环环相扣，一环动，环环动。特别是申请签证，所需的时间长短和成功概率，充满变数，完全不是自己能控制的。

眼下的问题是，手里4张签证，情况各有不同。墨西哥签证十年有效，澳大利亚和美国签证是一年多次往返。但南非签证的有效期只剩下不到两个月，如不按期入境就会作废。如果在不到两个月的时间内拿不到南美签证，环球计划就全泡汤了。

想来想去，决定先申请阿根廷签证，此次环球的重头戏是南极，去南极必须经由阿根廷乌斯怀亚乘船。

接下来，又遭遇了更大波折。

2. 阿根廷签证

严冬的北京，一群申请签证的中国人站在阿根廷驻华使馆办公室外的一小块空地上，寒风刺骨，我们都在等待签证官的接见和面试。

这已是第三次到阿根廷使馆了。之前，我们找了一家旅行社，代送申请材料，预约了面签日期，届时准时来到使馆。还是没让进办公室，在院子里等待。

院子里有十几个人：申请团签的七人，过了四个，三人被拒签；申请个人旅游的四人，一人被拒，一人被要求补材料，还有就是我们夫妇二人。其余的都是旅行社的人。栅栏外，几个散发机票小广告的人，远远望着这边。

被退回材料的男子正大肆抱怨：那个签证官真刁，我已经有了巴西、智利签证，她还鸡蛋里挑骨头，看她那样儿，一开始就没打算让你通过。

本来蛮有信心的，事先作了充分准备，设想签证官可能提些什么问题，自以为会应对自如。但看到地接社发来的邀请函时，心里一下子没了底。

像其他南美国家一样，申请阿根廷签证，要找旅行社代理。

旅游市场鱼龙混杂，有的代办机构简直是抢钱，收取的服务费比签证费高出数倍。更糟的是，弄不好找个中介的中介，三级代理四级代理，赔钱赔精力赔时间不说，还可能惹上意想不到的麻烦。

好不容易找到一家比较有资质的旅行社，了解到代理工作流程：

（1）申请人准备护照及相关文件资料，交旅行社进行初审；

（2）国内旅行社联系阿根廷当地旅行社预定行程，然后由地接社发出邀请函；

（3）国内旅行社向阿根廷驻北京使馆递送申请材料及邀请函，预约领事接见日期、时间；

（4）申请人及代理人一起到阿根廷大使馆接受签证官面试，通过后发给签证，否则拒签或要求补材料。

行程由我们自己设计、机票自己订，然后交国内旅行社发给阿根廷地接社据此发出邀请函，酒店则由地接社预订。

不料，阿根廷地接社发来的邀请函出了问题。

我们申请的是45天有效、30天停留（含南极11天）、多次进出的个人旅游签证，在阿根廷访问8个城市和地区。但邀请函上的行程安排，只定了2个城市的酒店，其余都是空白，加上11天去南极尚未购买船票，等于说30天行程出现了20天的缺口。

马上要面签了，旅行社才让我们看邀请函。当时就想，这个邀请函会不会引起签证官质疑？未免有点儿心慌。

果然，签证官根本就没让我们进入办公室，只是把旅行社代送材料的小伙子叫进去，问邀请函是怎么回事。估计小伙子根本没有解释清楚，就被打发出来了，对我们说："材料不行，让回去补材料。"

我们当即要求面见签证官陈述理由，工作人员答应再请示一下，让我们继续等待。

11点左右，工作人员打开门，把我们的材料、护照原封不动退回来，淡淡的一句："签证官拒绝见面，你们回去吧。大家都回去吧。"

强烈的沮丧感、屈辱感、失败感，笼罩着这一小群人。大家都不走，聚在一起七嘴八舌发起牢骚：

"真搞不懂签证官是怎么想的，我们去旅游、去消费，是给你拉动GDP作贡献的，利己利人双赢互利的好事，怎么就硬是不给签证呢？"

"南极没有国界，谁都可以去，为什么卡着不让去？"

"听说最近欧盟对台湾全线放开免签？"

“听说汤加刚刚取消了对大陆因私护照的免签？”

“还有厄瓜多尔也是刚取消了对大陆因私护照的免签。”

“中国护照最垃圾，免签率世界排名120多位。”

“我总算是理解大明星们为什么在国内发展却拿个外国护照了。”

……

每个人都慷慨激昂，诉说着自己遭遇的不公平待遇，说话不着边儿，快要失控了。

接下来的另一幕，似乎又有一线转机。

正当大家愤愤不平、大发牢骚的时候，一位西装革

HAVANNA
CAMINITO
DESDE 1948

履、颇有风度的男士走过来，老公一眼认出他是旅游界颇有知名度的某先生。这位先生到小窗口向工作人员索要一张签证申请表，问了几句话，就向大家走过来搭讪。

听了我们的情况后，发生了以下一段对话：

风度先生："你们可以让阿根廷地接社出一张南极船票啊！"

花甲背包客："南极船票没有'订单'这一说，只能订购，一旦购买就不能变更。"

风度先生："那是外国人，中国人没有不能办的。"

花甲背包客："你能办吗？"

风度先生："当然。还有，你们的环球机票买贵了。"

花甲背包客转问代理旅行社："阿根廷地接社是不是华人开办的？"

代理旅行社："……""我们回去问问地接社，看能不能出个船票订购单？"

风度先生："你们俩已去过那么多国家，有那么好的出国记录，直接找签证官嘛！"

花甲背包客："签证官拒绝接见。"

风度先生："那就去找使馆文化处。文化处是管旅游的，让他们帮忙做做工作。*China Daily*都登过你们二老的大幅照片和报道，你们去做文化交流嘛！"

花甲背包客："这倒是个办法，不妨一试。"

于是来到使馆门房找到一位看样子是秘书的女孩，说我们想见文化参赞，费尽口舌说了半天。女孩用西班牙语打电话说了一会儿，出来一位30来岁的男子，自称是文化处的。

文化处男子："你们有什么事？"

花甲背包客："你的中文讲得很好。"

文化处男子："我也是北京人。"

我们讲了自己的情况，并出示了英文《中国日报》及其他报刊，中国驻英国、泰国等国大使馆官方网站有关我们的报道，还送他一本我们写的书。

文化处男子一边翻书一边说："嗯，很不容易，很不容易。我叫某某某。这样吧，给你我的名片，上面有我的电话和电子邮箱，回去发邮件给我些资料，文化交流的事，看看资料再说。签证的事属于领事处管，你们还是去找领事处，我们不好过问。"说完，礼貌地把我们送了出来。

看来，"文化交流"的路子走不通，人家知道我们的目的是签证。

晚上，代理旅行社打电话过来，说阿根廷地接社办不了南极船票。

当然办不了，不光因为那是假的，更因为签证官半夜打电话把地接社训了一通。

后来有网友发帖子，说阿根廷收紧对华个人旅游签证，原因一是中阿贸易摩擦，二是有人偷渡。据说，一个在阿根廷开旅行社的华人，开了假邀请函，帮一些福建人经阿根廷去了秘鲁。结果，阿根廷使馆撤换了原来的签证官。新上任的签证官矫枉过正，许多都是无理由拒签。

我们在国外曾多次接触过偷渡出来的人，以福建长乐、青田为多。还有其他地方的，例如东北人。在葡萄牙里斯本火车站，与六个要去波尔图的年轻人聊了两个多小时；在美国佛罗里达的一个偏远小镇，开饭店的小老板请我们免费吃中式快餐，他是20多岁出来的，先是给人打工，后来自己当老板。看着他六岁的可爱小女儿，感慨颇多。

许多人并不讳言是偷渡出来的。与他们聊天给人的感觉，偷渡也是一种“文化”，在一些地方形成了传统。生活在这个氛围里的人，有一种为外人难以理解的思维方式：偷渡不就是一种移民方式吗？无非是不符合现在的游戏规则，但它与有路子合法出国的人、与早期欧洲人殖民扩张时期的移民，本质上都属于人类为了追求自己喜欢的生活而进行迁徙的表现，为什么备受指责呢？

这些偷渡客没有羞耻感和罪恶感，多年后甚至获得了成功的快感。偷渡之难、偷渡之险，他们怎能不知道？但宁愿以生命为筹码去博取一个梦。今日的偷渡之乡，若干年后或许就羽化成了富甲一方的侨乡。用生命做筹码，去博一个梦，这是个什么境界？

再换一个视角。有网友说，换位思考，如果自己是签证官，遇到这样的情况，又会怎样？每天面对数十个陌生人，其中不乏各种各样的“聪明人”和神通广大的旅行社，签证官必须在短短几分钟内，火眼金睛识别真假，压力大啊！别以为签证官手握国门钥匙，神气十足。要是从他手里放过偷渡客或其他不法分子，砸饭碗都是轻的。

后来代理旅行社告诉我们，新上任的签证官，每天夜里起来给阿根廷国内打电话，核实行程的真实性，结果发现，给我们发邀请函的地接社弄了个假行程，所订酒店根本没有我们夫妇二人的名字。所以才把申请退回。

原来是这样。但我们怎么办？我们不是签证官，管不了那么多；更不是偷渡客，我们只想合法拿到签证，去圆一个环游世界的梦。

代理旅行社转达签证处的话说，你们不是要去南极吗？那就拿船票来证明。

事已至此，只剩这一步险招儿了：提前购买南极船票。原打算去阿根廷乌斯怀亚购买

"最后一分钟船票"，价格要便宜得多，现在没指望了，因为南极船票已成了取得阿根廷签证的先决条件。

然而，南极船票，风险极大。

南极船票不存在"预订"一说，不像预订酒店或机票那样，可以变更日期，可以不预交费用，还可以免费取消预订。南极船票一旦购买，船型、船期、行程就不能变更。

上网搜寻，发现国内只有一两家专业代理公司经营南极旅游业务，但价格极高，每人每次14万元人民币，而且仅是南极一地游，不符合我们环球旅游的计划。

遂把搜索范围扩大到全球。互联网上有许多著名跨国公司的官方网站，其中不乏经营南极旅游的大公司。经过广泛筛选、仔细甄别，选定了一家名为Expedition Trips的美国船务代理公司。

整个春节期间，因时差的关系，老公每天半夜起来，借助谷歌翻译，与地球另一边的这家美国公司用电子邮件交涉，讨论船期、舱位、活动项目、装备、保险等一系列复杂事项，最终按两人八万元人民币的价格，通过银行汇了款。

这是一次冒险的交易。所有业务都在网上进行。之前，从未与这家公司打过交道，只是通过网上的朋友间接了解了它的信誉，对该公司的官方网站进行了考察。

我们深知其中的风险，但别无选择。

其实，去年在美国加拿大，从网上购买机票、长途车票，都是从电子邮件打印客票。只是这次金额太大，才不免担心。

订购了南极船票，这段时间已经锁死，不能再变。接下来，重新调整环球行程以及机票、酒店，特别是把在阿根廷的行程做得天衣无缝，再交由代理旅行社据此给阿根廷地接社，二次发出邀请函。

又是苦苦等待。吃不下睡不好。一个念头不断撞击脑海：要是还拿不到签证，八万元的南极船票就打水漂了。时间越来越紧，行前的其他许多准备工作都因签证拿不到手而无法落实。真是急死人了。

几天后，旅行社打来电话，说签证官同意接见，约定了面试时间。

终于见到这位严肃的女签证官，当面陈述了我们访问阿根廷的理由。签证官不讲中文，通过中方秘书翻译与我们谈话。她的答复令我们震惊："你们的材料没问题，你们的记录很好，但我还是不能给签证。"

“为什么？”

“我要审核旅行社。”

原来，签证官认为旅行社骗了她。但为什么受惩罚的却是我们？

实际上，旅行社搞猫腻，大使馆签证处心知肚明。

地接社发邀请函，在技术操作上十分简单。背包客预订酒店，是以信用卡作担保，预订酒店虽不收定金，但必须提交信用卡卡号和安全码，这就是信用卡担保。地接社订酒店是凭合约。它有很多合约酒店，每年签订年度合约或长期合作。具体到每一次预订，一个电话打过去就OK，不付定金。取消也是一个电话。

正因如此，许多邀请函上的酒店订单都是虚的。有人说得更直白：都是假的。一旦拿到签证，行程就可以自由调整了。因此，邀请函的实际成本非常低，但向客人收费从一千到几千，比签证费高几倍甚至十几倍。

大使馆签证处对这些情况应该了如指掌。如果真的不知道，未免太傻、太不专业了。

明知旅行社玩儿虚的，为什么还要用他们呢？使馆的真实意图是分散风险、责任和工作量。凡具有资质的国内社和地接社，每年都要求有外交部认证，在使馆备案。没有备案的旅行社，是没有资格受理客人的申请的。

有国内社、地接社、外交部认证处在那里把关，就把风险、责任，还有工作量，有效分散开来，尽可能地降低了使馆签证处自己的风险、责任和工作量。

但能够取得资质的旅行社毕竟是少数，于是又在市场上催生了许多二手中介、三手中介。这些二级、三级甚至四级代理，无人监管，市场就更乱了。上网搜搜，有无数代理可以代办签证，可有多少是有资质的一级代理呢？

以上就是国内社、地接社、使馆签证处的运作方式。尽管我们对其中的许多细节还不知晓，但对三者之间的相互矛盾、制约、依存关系，大体上把握住了脉络。不经历这次事情，还真弄不清其中的奥秘。

时间越来越紧，已经是2月12日，离南非签证作废只剩下五天，我们几近崩溃了。

老婆再也无法忍受精神折磨，这天上午，哭着给使馆打电话。

接电话的秘书说：“过一会儿签证官来，我把电话转给她。”

老婆边哭边说：“我不跟她说，我也不会说西班牙语。我只要你转告她，我们仅仅是为了去旅游，为什么这样对待我们？这公平吗？”

电话那边，秘书无言以对。

下午5点，旅行社打来电话：批了！

我们忍不住一起脱口而出："他妈的！"眼泪喷涌而出……

3. 在第三国申请签证

在南非开普敦，我们仅用五天时间，就拿到了去巴西的个人旅游签证。

还是在北京时，上网搜了巴西驻开普敦领事馆官方网站，查阅申请条件和办事流程，填写申请表格，准备材料，还写了一封致签证官的信，借助谷歌翻成西班牙文和英文：

致移民局官员

尊敬的女士/先生：

我叫张广柱，我和我的妻子酷爱旅游，我们一起去过31个国家，并发表了旅游著作及大量博客文章，引起媒体关注。

目前，我们正进行环游世界的旅行。我们渴望到贵国访问，特申请个人旅游签证。我们保证遵守贵国法律，并在访问后返回中国。

烦请批准我们的申请。如果您有任何疑问，我愿意回答您的任何问题。

良好祝愿

附:（1）联程机票（2）酒店订单

Para los funcionarios de inmigración

Estimado Señor / Señora:

Mi nombre es Zhang Guangzhu, mi esposa y yo de viaje el amor, hemos estado en 31 países, y publicó un libro de viajes y un gran número de publicaciones en el blog, atrajo la atención de los medios de comunicación.

En la actualidad, estamos viajando por todo el mundo. Estamos ansiosos de visitar su país, en especial las aplicaciones de visa de turista para los individuos. Le garantizamos a cumplir con la ley de su país, y regresó a China después de la visita.

Por favor, aprobar nuestra solicitud. Si usted tiene alguna pregunta, estoy dispuesto a contestar cualquier pregunta que usted tenga.

Atentamente,

Mis mejores deseos

Archivo adjunto:(1) Conjunto billete (2) Condenar Hotel

到开普敦当天，就请朋友带我们去领事馆。

朋友英语很好，见到领事一阵寒暄，气氛搞得很轻松。接着，朋友做翻译，有了以下对话：

花甲背包客："多长时间可以拿到签证？"

领事："最少15天。"

花甲背包客："能否加急？一个星期？我们在南非待的时间很短。"

领事："这很难。"

朋友很会说话："你来办，就不难。两位老人正在周游世界。"

我们拿出杀手锏——英文版《中国日报》，请领事看关于我们周游世界的报道和照片。这一招很灵。领事笑着说："那我试试吧，争取五天。"

到了第五天，果然如期拿到了签证。

在阿根廷布宜诺斯艾利斯，如法炮制，又拿到了秘鲁签证。不同的是，阿根廷没有亲戚朋友，我们就上街找当地华人做翻译。同时，用最笨的办法，天天去领事馆，门一开，签证官就看见两个白发苍苍的东方老人坐在门口。领事被逼得哭笑不得，于是，用最短时间给我们办了签证。

在第三国申请签证，就这么简单。

梦圆南极

1. 破冰船

南极的旅游季节，一般是每年11月到第二年3月，可以到阿根廷的乌斯怀亚坐船，或者到智利坐飞机。

我们是2011年3月8日在乌斯怀亚乘坐“玛丽娜”号破冰船的。这条船共有6层。游客满员为100人，这次只有60多人，来自世界各地，大部分是西方人。有7个人是日本人，4个华人，我们两个是从大陆过来的，一个女孩小胡，是从美国过来，她在美国念书，还有一个台湾省小伙子本森。中青年居多，也有不少老年人。

语言以英语为主，吃住在船上，活动安排、安全问题都是船方负责。

船方要求所有的人必须穿救生背心、防水服、雨靴。这样我们大家的打扮是一样的，

红红的衣服，黄蓝相间的背心，到膝盖的雨靴。

从踏上破冰船的那刻起，我们就非常兴奋，把行李放好就开始参观。船上有两个餐厅，一天三顿饭两次茶，都是西餐；房间有标准间和四人间；有一个酒吧和图书阅览室，大家还可以到驾驶室去参观，后来我们经常在这里看鲸鱼、开会。

全部行程共11天，其中过德雷克海峡往返4天的时间，即使没有大的风浪，也是非常颠簸的。船方利用这个时间给大家搞科普讲座，内容非常丰富。在南极有7天的时间可以登陆，我们一共登陆12次，是比较多的。主要看天气情况，如果遇到大风，就可能上不了岸了，因为上岸是靠皮划艇，风大浪大肯定不可以。

因为语言问题，听不懂，英语讲座就免了，广播也不去。结果事后知道，有时候是可以看到海里的动物的，比

南极破冰船

如鲸鱼，还有一些特定地点会有各种不同的鸟类。我遗憾了半天，再听到广播就立刻跑出去，往返几次，就开始晕船了，只好吃了晕船药，老公就直接躺着，他有晕船的毛病。

第三天的早上，我们开始登陆，这是到南极最主要的活动，大家都非常兴奋。

吃完早饭就回到舱房穿那套红色的衣服，要求必须把雨靴穿在裤腿里，因为如果按照常规把靴子穿到裤腿外面，遇到大风大浪，海水是会灌到靴子里的。

不要小看这样的要求，这样穿裤子是很难的。穿上雨靴再穿裤子，雨靴头大，从裤腿里伸不出去，结果，第一次我们两人用了10多分钟才穿戴完毕，还弄了一头的汗。后来自己想办法，先把靴子放到裤腿里，然后，裤子和靴子一起穿，才不会费劲了。船上的工作人员都是靴子和裤腿连接在一起的套装。

上岸必须借助皮划艇，每个皮划艇12个人，走下悬梯，第一次是有些害怕，摇摇晃晃的，以后就不会害怕了，只要按照要求去做就可以了。船方有许多工作人员帮助我们，就是为了保护大家的安全。

2. 企鹅

一说起南极，大家立刻会想到企鹅，我们也非常向往那可爱的小动物。在过海峡的时候，船上的工作人员给大家讲南极企鹅的种类、生活习性和保护措施。

我们就要去看企鹅了，要亲密接触了，心情是非常激动的。工作人员提出要求：上岸不许带任何食物，不许带饮料，和企鹅保持五米距离，不要追赶企鹅。

我们坐上皮划艇，只几分钟就到陆地了，已经有工作人员站在那里等我们了。大家鱼贯下船，工作人员会扶你一把。我从皮划艇上下来站到南极陆地的第一眼就看到企鹅了，一个灰不溜秋的小东西站在一块石头上，小眼睛定定地看着这些人，一动不动。哇！好可爱啊！我急急忙忙想照相，但是后面的人要上岸，我一定要走几步，心里那个急！

再放眼看过去，哇，许多许多的企鹅在眼前。一群一群的，摇摇晃晃地到处走。好棒！

有的企鹅就摇摇晃晃地冲我们走来，太好了，赶紧照相。我突然有一种奇怪的感觉：少了一点儿东西，是什么呢？没有栏杆！自己想想笑了，这里是南极，不是动物园，这是企鹅的家，你凭什么给它们弄栏杆呢。笨！蠢！有这样的想法实在可笑！那种惯性思维在这里不适用。

所有的游客都迫不及待地用相机拍照，真正的长枪短炮，而企鹅是我们看到的野生动物里最配合照相的明星了，摆出各式各样的姿势，照吧，我不怕，明星范儿摆得足足的！哈哈！

有的企鹅懒懒地站在雪地里一动不动，有的把头藏在自己的羽毛里躲避漫天的雪花，有的就到处走过来走过去，还有的就干脆卧在雪上面，不冷吗？也有的跑到水里玩冬泳。只有一样是所有企鹅都会的，两只翅膀永远奓奓的，要靠它掌握平衡，因此企鹅的外形就非常的可爱喜人了。

一开始，我们一直和企鹅保持距离，后来发现企鹅不和我们保持距离。一只企鹅走过来，我弯下腰，伸出手，它就用自己红红的喙啄你，一种亲密的温暖的柔柔的感觉从心底升起，仿佛看到自己的孩子一样，想把它抱起来。

第一次和野生动物如此亲密接触，那种感觉真的奇特而舒服，真正感觉我们和它们就

宝贝，我不是你妈妈

留影

是一体的，这个世界就是大家的。

在美国黄石公园也看到野生动物，那头大大的野牛当时距离自己五米远，但是，心里有恐惧的感觉，有敬畏的感觉，而企鹅让你感到的是亲密无间。

在南极的每一天都可以看到企鹅，一共看到三种，最多的是红嘴白肚子黑衣服，头上帽子似的有一圈白毛做装饰，非常优雅。

还有一种企鹅个头稍小，黑嘴，黑衣服，黑帽子，白肚子，脖子下面有一条黑丝带，仿佛系住头上的黑帽子。

最少的一种企鹅是头上有几根黄色羽毛，只看到三只，而且一动不动地站在那里两小时。

遗憾的是没有看到帝企鹅，一是它们已经离开陆地了，二是我们走的线路也没有帝企鹅的栖息地。

现在的季节，小企鹅还没有完全褪毛，因此，企鹅宝宝要靠爸爸妈妈来喂养。每当妈妈回来，企鹅宝宝就会得到食物，但是，如果没有吃饱，企鹅宝宝比妈妈厉害几倍，会一直追赶妈妈，死缠烂打地要食物。我们看到这样的情景都哈哈大笑，啃老族，理直气壮的啃老族。

企鹅爸爸妈妈每天要去海里找食物，他们的天敌——海豹就在水里等它们。为了不让自己成为牺牲品，所有的企鹅会在

岸边排成队伍，没有一只企鹅敢跳下去，一直到后面的企鹅挤过来，前边的企鹅站不稳了，掉下去。这时，企鹅们看到没有海豹出现，大队伍的企鹅才开始争先恐后地下海。因此，经常可以看到企鹅在岸边排队，看着远方。这样的情景让人们以为它们在祈求什么，就给这种动物起了这样的名字——企鹅！

因为企鹅是吃磷虾的，所以它们的粪便是红色的，我们在船上远远看到雪白的地方有一片粉红色，那就一定是企鹅的栖息地了。同船的中国小姑娘小胡总说：企鹅真脏，臭臭的。的确，它们的栖息地是臭，但是，这就是它们的家园。它们自己不嫌弃，我们为什么要讨厌呢？我就说：因为企鹅没有受过训练，也没有人给它们打扫卫生。

我们看到海豹在海水里捉到企鹅，撕咬甩抛企鹅的场

海豹 · 南极

面，非常的残酷。海豹咬住企鹅，头一甩，就把企鹅整个甩到高空，企鹅的身体如同一片树叶一样在空中翻滚着落回海面，海豹再一下，再一下，海水很快被企鹅的血液染红了，然后，海面就漂浮着一些企鹅的碎肉和羽毛，而海豹在大快朵颐。那些以企鹅的肉为食的鸟也飞过来在天空中盘旋着，冲到海面去捡寻碎肉。

这就是弱肉强食、适者生存的自然现象。只能走到这样的地方，接近自然才能看到自然界的真谛，才能去体会自然界的恐怖与可爱。这就是大自然，这就是南极的生物圈，人们不能去干涉，保护这里，最好的办法就是顺其自然。

南极野生动物的食物链就是这样：企鹅吃磷虾，特别小的，还吃苔藓，因此，企鹅的粪便就是红的和绿的。有一种鸟吃企鹅的粪便，还有的鸟吃企鹅的尸体和被海豹撕咬后的残渣，海豹吃企鹅，然后，鲨鱼吃海豹。

在南极才感觉到人和自然是一体的，我们只是地球的一个成员，不要征服它，也不要破坏它。纯净的世界是如此的美好。

3. 滑雪速降

南极最壮观的是雪山，没有到南极以前，自己以为南极和北极一样是平地，结果看到是有山的，很奇怪了一下。

山并不是特别高，但是非常陡峭，然后多年的积雪覆盖在上面，形成一个又一个冰川，那些冰川裂缝的蓝色那么的刺眼，让人不能相信，却又吸引眼球。

雪崩的发生和冰川不时的垮塌，雪末飞扬起来，冰块掉入水面，发出如同炮一样的轰鸣，惊心动魄。

千奇百怪、造型各异的浮冰在海面上形成不同的景观，同时把海水调合成蓝绿蓝绿的，如果有阳光就美丽得动人心魄了。大自然是如此的美丽，人是如此的渺小。

这天的活动是爬山，我们经常爬山，因此对这样的活动没有太多的兴奋，感觉就是走在雪上而已。

白白的雪山上一队红点，煞是好看，我们一直在后面走，因为雪太厚，走在后面，前面的人的脚印深一些，比较省力，同时还可以照相。

一串“之”字形的路，之后就到山顶了，所有的游客都在雪地里游戏，有人带了企鹅服，装企鹅拍照，还有打雪仗的，尽情地玩耍。在大自然面前，没有年龄的限制，也没有国籍的区分，大家都尽情享受大自然带给自己的愉悦和快乐，感受南极的绝美和干净。

我以为一会儿再原路走回去，结果没有想到的是，领队从一个陡坡直接滑下去了。60多人就都这样下去了，大家都坐了一回滑梯，巨大无比的雪滑梯。个个都是尖叫着冲下去，有的人举着相机录下雪在眼前飞溅的情景。老公看到了，立刻返身爬回去，再冲下来，遗憾的是，还是没有记录下来。所有的人都异常兴奋起来，早忘记刚刚爬雪山的累，唧唧喳喳地在互相诉说自己的感受。

又有一天，我们依然爬山，这座山更加陡峭，结果有许多人半路就回去了。我听本森同学说：上去可以180度地全方位地看南极的地貌。

自己很欣慰，有一个好的身体，经常锻炼，这样的山不会难倒我们，可以看到美丽的南极风光！自己很自豪，同时为那些不上来的人惋惜。

这座山确实很陡，200多米的高度我们走了许多“之”字才上去，出了一身的汗。

从来没有看到过这样的景致：破冰船在我们脚下的海面上如同一个玩具，极目远眺，冰雪世界，阴天，天和海都是深灰色的，漂浮在海面的碎冰星星点点，山体倒映在

水面，神秘而奇特，还有些诡异。空旷而寂寞，没有一点点生气，用死寂来形容也不为过。

但是当我看到偌大一片雪场，一只企鹅旁若无人地摇摆着走过去，渐行渐远，成为一个小黑点，不是雪白，肉眼真看不到它。它就是这里的主人，孱弱而坚强，而我们是什么呢？兴奋异常的一群人，来了走了的过客。我沉思了！

如果一个人在这样的环境中，会是什么感受呢，恐惧、压迫、害怕、惊悚！我想是会的，一定不会是我们现在这样地高高兴兴，兴奋异常。这就是人类，人类的群体。

大家依然是拍照，休息。然后，领队在所有人的惊呼下又来了一次滑梯，这次高度有200米之多，而且相比较之下更陡峭，其中一段根本看不到山体。老公告诉我：你原路走下去吧。他知道我害怕。

我就是害怕，可是，又不想自己走下去，那条路也不好走，而且也不想告诉大家，我胆小。

想到那年参加某网站的拓展训练，站在9米高台跨断桥时自己给自己的鼓励：你们可以，我也可以。虽然自己60岁了，依然有这样的信念。今天又把这样的想法拿出来鼓励自己。老公开始千叮咛万嘱咐，然后还是不停地说：走下去吧！走下去吧！我不动摇地告诉他：滑下去！我让他先下去，给我带头。每次我遇到害怕的事情，都让老公在前边，仿佛他在前边就可以替我了，给我力量了。

老公下去前告诉我：你看，那个地方有一个台，所有人到那里都颠一下，你小心，要把脚抬高点，否则会把腿伤着。

我当时手里还有一根手杖，第一次滑雪梯的时候是把手杖给了工作人员，但是现在这个工作人员是个女的，我不好意思给她，就自己带下去了。

“刷！”我下去了，头脑里一片空白，耳朵里只有风响，心脏提起来了。速度太快。自己也不知道到哪里了，只想着老公的嘱咐，把脚抬高，结果，颠了一下是真的，再明白的时候，我已经头朝下，而肚皮贴着雪面，两只胳膊举得高高的，眼前飞溅着雪花，嘴里发出惊叫，冲下去了。

人真是不可思议，当时顾不上害怕，只想：怎么办，接着一个念头是：没有事，我有保险呢！其实就是给自己打气，然后又想，下面还有一个台，千万不要把自己的胸椎碰坏了，那就惨了，在下滑的过程中使劲抬起头。其实就是几秒的时间，又颠了一下，再一次明白自己是身体又翻回来了，坐起来了，然后正常滑下去。

看到老公的第一句话就是：你吓坏了吧！结果老公说：我看到你的时候，已经在第二个台儿那里了。

而我们的工作人员，那个女的，站在上面看到我冲下去，吓坏了。事后她告诉老公：吓死我了，没有想到，我下来以后看到你夫人高高兴兴的！好佩服！她以为我也吓坏了，说不出话了。

回到船上，我脱衣服时才发现，羽绒衣的前胸全部都让雪浸湿了，哈哈，雪跑到肚皮上了。我这个中国老太太在南极当了一次企鹅奶奶，工作人员告诉我们：企鹅也会滑雪，就是头朝前肚皮贴地面滑下去。

刺激的雪滑梯，而这样的结果是自己的一条胳膊受伤了，一直到我们回到北京也没有完全好。最厉害的时候连杯子也拿不起来。我怕女儿看到这样的过程担心，在博客里就没有写这件事情。

不知道以后自己还敢不敢这样冒险。哈哈！南极！福地！

4. 冰雪露营

到南极还有一件事情是没有想到的，本来就是极冷的地方，结果船方还给大家一个更冷的选择：露营。当船方的工作人员讲这件事情的时候，所有的游客都惊呼了。不过，报名的人还是很多，大家都想体验一下南极的夜晚和企鹅的感受。

所有报名的人分两次露营，一次30人。

我们是第一批，吃完晚饭、洗漱完毕，就准备上岸。我们穿上所有的衣服，带上大毛巾做枕头，和每次上岸一样，坐皮划艇登陆。几乎所有的东方人都参加这次露营了，只有那个70多岁的日本老人没有去，他年纪太大了，身体吃不消。

在一片比较平坦的雪地前，工作人员给大家发卧具：每人一个防潮垫、一个睡袋、一个单子、一个防水袋。没有帐篷，是真正的露营。然后给一人一把铁锹，告诉大家：挖一个墓（英语，老公也不知道这个词，是翻译出来的）！哈哈！

我们两个人再加上小胡，三个人一起挖了一个大大的坑，我使劲挖，希望挖深一些，这样就可以挡风了。

我们以前在国内也露过营，但都是我们自己，今天有许多人，而且我们还有一个小朋友。我突然有一个想法：吓唬一下他们，逗逗那个孩子。我就在头上包上毛巾，用手电照着自己的脸，翻白眼，说："妖魔鬼怪来了。"结果没有吓着她，自己先笑了。

其他的人都是自己挖自己的，有的人挖的真是一个"墓"！窄窄的，刚刚可以躺下一个人的坑。

坑挖好了，老公让我把防水衣和靴子都铺在防潮垫下面，这是一个好主意。这样，身下不会太冷。铺好睡袋，睡袋是蓬松棉的，不是羽绒的，心里嘀咕：这个保暖吗？然后，我们穿着羽绒衣，各自钻进睡袋，看着南极夜空的星星入睡了。我们已经累了一天了，没有精神再聊天。

企鹅，你们冷吗，没有睡袋。人类是伟大的，同时也是渺小的。我们可以到南极看你

们生存的环境，同时我们却不可能像你们一样地生存。

这样的环境吃的饭透心凉·南极

夜里醒来一次，是脸比较凉，就想办法，先把毛巾盖在脸上，又喘不上气，最后还是把帽子盖在脸上，用毛巾裹住头，结果就没有枕头了，不过还是好过冷呀。

多年的户外活动和自助游的经历让我们锻炼得不怕吃苦受累，在任何情况下都可以休息，这一夜也是如此，总体感觉不是特别痛苦的，完全可以接受。不知道其他人是什么感受。 早上醒来的第一句就是彼此问候：冷不冷？睡好了吗？回到船上，那些没有去露营的人，他们也是这样地问候我们，不过第二天的露营人数很少了。看样子他们还是感觉冷。我们带羽绒衣、裤是明智之举。

早上5:30，天还没有亮，工作人员就开始催促大家“起床”了。收拾睡袋等物品没有几分钟，但是要把昨天晚上挖的坑填平可就费力气了。

挖坑时雪是虚的，一锹下去一大块，一个晚上，那些挖出来的雪冻上了，再挖还是很费力气的。但是必须这样做，否则企鹅掉到坑里，可能爬不出来，就会饿死。

我在想：昨天夜里和今天早上的活动就如同我们人类几千年在地球上的生存轨迹：为了生活得很好，有意识地给自己挖了一个墓，醒来发现不对了，再把墓填平。人类生活一直在自我追求，破坏了环境，就是挖了自己的“坟墓”，现在强调环保，就是填平“墓坑”。

这次露营我们感受最深的是，船方对南极环境的保护措施是非常到位的。每次上岸是不容许我们带任何东西的，大家都自觉遵守。但是，过夜就不一样了，时间很长，大家的排泄物怎么办？

没有出发前我就提前去厕所，但是依然担心。到岸上才发现，他们已经准备好了桶。第二天要把所有的排泄物带回船上，最后再带回大陆去，不容许留下任何东西，保持南极的环境不受污染。

如果时时处处都这样，我们的地球一定会非常健康的。

我们一直积极参加船方组织的各项活动，而且表现很出色，以至其他游客和船方工作人员都非常佩服我们。一对澳大利亚夫妇请台湾的本森同学问我们："你们为什么身体这样好？"我告诉他们："经常锻炼！""那你们的锻炼项目是什么？""爬山！"

还有一次，工作人员安排一项有点儿难度的活动，大家自愿报名。我听不懂是什么项目，但看到部分人没举手，就有点儿犹豫。这时本森同学来了，我赶紧让他帮忙去问一下。本森告诉我，工作人员说："你们很棒，参加这样的活动没问题。"我听了很高兴，原来在他们眼里，我们跟年轻人比，一点儿也不差。

11天的南极之旅很快就过去了，时间不长，但给我们留下终生难忘的记忆。南极接纳了我们，我们也一定要爱护南极。再见，南极！再见，企鹅！

神秘的亚马孙河上之旅

1. 初识马瑙斯

我睡眼惺忪地打了个哈欠，问："几点了？"

老婆四周望了望，航班进出港信息屏上显示：早上7点。

老婆："啊，7点了。"

我说："应该有公交车了，咱们走吧。"

于是，收拾行李，准备搭公交车进市区。

这里是地处亚马孙腹地的巴西城市马瑙斯。昨天晚上，我们从萨尔瓦多飞到这里，已经是凌晨3点。想进城找旅馆，想起LP（*Lonely Planet* 的缩写）上说的危险与麻烦："马瑙斯的骗子是巴西最猖獗的一帮。""凡是你能想到的，都有可能发生。"安全第一，就在机场凑合吧，反正也不是第一次睡机场了。于是，找地方睡了几小时。

上了巴士，正值早高峰，车上人很多。不像在俄罗斯，立刻有人给我们让座。

我和老婆每人一大一小背着两个旅行包，摇摇晃晃站立不稳。周围人像看猴子似的望着这两个白发苍苍的东方背包客。

在机场旅游信息中心，没有找到市区地图。我拿着从网上预订的旅馆订单手写稿，指着旅馆地址问旁边的人：到这个旅馆，应该在哪一站下车？

巴西亚马孙马瑙斯广场

热心的巴西人立刻七嘴八舌说起来，都是葡萄牙语，一句听不懂。不过，有人给我们让了座位。

看到我们一脸茫然，一位中年男子走过来，用蹩脚的英语说了几句话，我只听懂了一句：跟我走吧！

机场离市区13公里，巴士晃晃荡荡开着。向车窗外望去，蒙了灰尘的街道和建筑，像一个老旧工业城市的宿舍区。我对老婆说：这是郊区，到市区就漂亮了。

亚马孙号称“地球之肺”，有世界上面积最大的热带雨林，而马瑙斯是热带丛林探险的大本营。还是在北京家里时，我就说：不到亚马孙就不算到巴西，去亚马孙就一定去马瑙斯。马瑙斯，我们终于来了。

到了旅馆附近，中年男子把我们送下车，指着街道对面的一座房子说：就是那里。

我们谢过巴西人，目送他又坐上回去的公交车，才知道他为了给我们引路，多坐了几站地，不觉心里一热：好

人哪！

其实，这样的好人我们遇到过很多。从潘塔纳尔大湿地到里约热内卢，我们坐长途车36小时，倒了5次车，从车站售票员到汽车司机、保安，给了我们无数帮助。

安排好住处，上街游览市容，顺便找旅行社，想参加亚马孙热带雨林三日游。

马瑙斯是远离海岸线1500多公里的国际港口城市，这个昔日的“热带巴黎”，曾因19世纪末的橡胶热繁荣一时，后来没落了，残留下的一些建筑，让人们回忆起那个时代的情景。

眼前的亚马孙剧院及前面的广场，还有周边一些葡萄牙式建筑，构成了马瑙斯最主要的景点。广场上用黑白两色石头铺的地面，像斑马身上的条纹一样，看上去有一种奇妙的凹凸感。这让我们想起了三年前，在大西洋彼岸的葡萄牙边境小城法鲁，也是这样的黑白鹅卵石铺设的街道。

广场附近有许多旅行社，可能不是旅游旺季的缘故，游客不多。

推开一家旅行社的门，老板笑嘻嘻迎了上来：“欢迎欢迎！”然后用英语加葡萄牙语说了一大堆话，我们几乎完全没听懂。

老婆问我：他说什么？

我说：听不懂，无非是“二位需要什么服务？一日游？二日游？三日游？”“你们计划花多少钱”之类吧。

不过，我们早已练就了一套克服语言障碍的办法。

我惯用的手段是，在与对方谈话前，先用英语问：“你会讲中文吗？”对方一定说：“不会。”那好，你不会中文，我还会点儿英文，比你强，有了自信。那就让你委屈点儿，用我这蹩脚的英文交流吧。

老婆却不管那一套，直接用中文加肢体语言，比比画画、手舞足蹈，有时比语言交流还有效。她总是理直气壮地说：我就会说中国话，听不懂是他的问题，有我什么错吗？

其实，对方根本不会因你不会讲他们国家的语言而瞧不起你，反而因急于做生意，会千方百计与你沟通。况且，语言不通就敢来这么遥远而陌生的地方闯荡，心生敬意还来不及，怎么会看不起你呢？

在旅行社这个特定环境中，老板与客人谈话的内容，离不开热带丛林游的话题。你说葡语，我说中文，加上肢体语言，比比画画，双方的意思就大体明白了。

老板拿出价目表，热心介绍每个旅游产品，包括活动内容、市内交通、时间、价格等。

马瑙斯的热带丛林游，其实是以城市为依托，坐小船及越野车，穿过丛林小河道去周边雨林中体验野外生活。典型的丛林游，是每人300雷亚尔（巴西币），三夜四天，主要活动有：住丛林小木屋、造访本地居民，徒步穿越丛林、夜观鳄鱼探寻野生动物、钓水虎鱼（食人鱼）、游泳、划独木舟，等等。

这些活动，与我们在潘塔纳尔大湿地（世界第一大湿地）参加的项目雷同，价钱也差不多，对我们已没有太大吸引力。

我们想找更刺激的。

2. 船票的故事

从地图上看，可以从马瑙斯上船，沿亚马孙河逆流而上，直到巴西边境城市塔巴廷加，然后越过边境，从水路进入秘鲁。

这条路线不错，老婆说。

我说：太远了。从来没有听说过这些地方，什么塔巴廷加、圣罗莎、伊基托斯……进入亚马孙深处，航行一两千公里，谁知道会发生什么事。

我们犹豫不决，讨论了很长时间。最终，老婆的意见占了上风，我们决定沿亚马孙河走水路从巴西去秘鲁。

主意拿定，就想办法买船票。LP上说，要直接找船长买票，不要从票贩子手里买票，防止上当受骗。

可是，到哪里去找开往塔巴廷加的船的船长呢？问旅馆老板，他说可以去港口找，那里有很多卖船票的。那就去港口吧。问了去港口的方向，就出了门。临走不忘跟老板要一张旅馆名片，上面有简略地图。

亚马孙流域的天气，说变就变。天空看似云量不多，结果接下来就是几小时的瓢泼大雨，街道成了河道。幸亏带了雨具，我们老两口，一人穿红色雨披，一人穿蓝色雨披，走在大街上，十分显眼，引来许多人注目。

从旅馆到港口，徒步大约15分钟，我们走了半小时。我看着指南针，调整方向。想问路，不会说葡语。灵机一动，干脆只说一个词：塔巴廷加！反正这个词是音译，当地人应该能听得懂。

果然，路人一听塔巴廷加这个词，就知道我们是要去港口，都热心地给我们指路。

来到港口，眼前是码成一垛一垛的各类日用品、家电、土特产。一些半裸上身、皮肤黝黑的工人，身上雨水混着汗水，忙着把货物搬到避雨处。

停靠河边的船，大多是客货两用的小吨位内河航运船，拥挤不堪地泊在河面上。这么多船，哪艘是开往塔巴廷加的呢？

沿港口路向前走，那些船上的巴西人，睁着好奇、疑惑的眼睛注视着我们，让我们心里一阵阵发紧。

雨渐渐停了。街上人来人往、车水马龙，像个巨大而杂乱的集市，不禁让人想起十几年前游长江三峡时重庆朝天门码头的情景。

我们在无数船只中寻找去塔巴廷加的客轮，看到模样顺眼的，就上前询问：塔巴廷加？人家摇摇头，表示不去这个地方。

我们几乎绝望了。找不到客轮，也找不到售票处，心里寻思，哪怕是票贩子也好啊，无非多花点儿钱，总比买不到船票好吧。

想什么就来什么。前面码头防波堤边上，一把巨大阳伞下聚了几个人，一个“老大”模样的胖子，半躺半坐斜倚在圈椅里，其他人都站着。其中一人主动与我们打招呼，指着一块贴有许多客船图片的广告牌，意思是说：你们要去哪里？

我们停下来看那块广告牌，突然眼睛一亮：Tabatinga！啊，终于找到这只船了，虽然只是一张图片。

老婆指着图片脱口而出：塔巴廷加！

那人说：塔巴廷加？有船！有船！随即把我们拉到胖老大身边。

胖老大拿出一本类似发票一样的东西和一张白纸，一边在纸上写写画画，一边嘴里不停说着。我们连猜带蒙，明白了他的意思：票价每人 260雷亚尔。两位？合计520雷亚尔，折扣给你们510雷亚尔，便宜。买不买？

我们没有正面回答，转而问道：没有船啊，船在哪里？

旁边那人伸手一指：那边！就在那边！

顺着他的手势望去，不远处，一艘不太大的客货两用船停泊在码头上。

我指了指自己的脑袋，意思是说：让我们考虑考虑。随即离开这个街边摊儿。

其实我们从一开始就不相信这个人，怕受骗上当。胖老大没有强拉我们买他的船票，临走还不忘笑着说一句“再见”。这让我们觉得，是不是自己多心了？

我们径直来到要去塔巴廷加的那艘船上找船长。一个管事模样的人说：没空位了，而且这艘船今天就起航，你们肯定赶不上了。我们问：还有其他船吗？那人说：你们去那边看看吧！

怀着希望，按照那人指的方向一路走下去，陆续又看到几个街边摊，兜售开往各地的船票，不少当地人围着，也有不少人买了票。

刚才在船上时，顺便问了一下船票价格，比路边摊贵。原来，船主为了尽快卖出船票，会给中介代理折扣价，有时还有最低价，这些当地人都清楚。但我们始终没敢从街边摊买票，没有办公室，不是正式售票的地方。特别是语言不通，其间的明规则潜规则一概不知，一旦出问题后悔就来不及了。

不过让我们高兴的是这里有人卖票了，看到希望了，先前紧张的心也慢慢放松下来。

在一位好心人帮助下，我们搭一辆小车来到另一个码头，找到一艘第二天起航的船。工作人员说：你们需要去售票处买票。

这是我们巴不得的。原来，LP上提供的信息不准确，这里的客运码头有正规的售票处。

来到售票窗口，人家听不懂我们的话。等了半天，对方找来一个会讲几句英语的小姑娘，告诉我们：到塔巴廷加的慢船明天下午2点开船，航行六天六夜；船票每人340雷亚尔，要现金，但不收美元（美元贬值太快，南美几个国家都不愿意收美元）。

票价明显比街边摊儿贵，但是含保险，这正是我们需要的。

售票的姑娘还告诉我们，要去买吊床，在船上都是睡吊床的。开始我们听不懂，她就在纸上画了一张吊床。

之前，我们在旅馆与一位哥伦比亚游客聊天时，已经得知买吊床的事。我们住的地方是一个家庭旅馆，条件简陋。之所以选择家庭旅馆，一是为了省钱；二是可以接触当地百姓，感受民俗风情；三是便于和其他驴友交流旅游信息。

看到吊床画，老婆伸出手比画：手掌微微弯曲，然后慢慢摇晃，问售票员是不是这个？姑娘知道我们明白了，非常高兴地说："OK！"然后伸出大拇指夸赞老婆聪明。大家哈哈大笑。

终于买到船票了。明天，就要坐船慢慢驶向亚马孙腹地，热带雨林的深处，那里是什么样子？路上会发生什么事情？一阵莫名的恐惧袭上心头，却又十分兴奋、期待。

3. 背着吊床去坐船

先在码头附近市场上选购了两张吊床，上船后第一件事，就是找合适的地方，把吊床挂起来。

我们乘坐的这艘船，上下共三层。底层是货舱。二层是开放式大开间客舱，除舱尾的餐厅和浴室外，没有其他隔间；舱顶焊了几排铁管，吊床就拴在铁管上。三层是露台，有酒吧和咖啡座。

我们不知怎样把吊床挂得更结实，旁边的亚马孙人立即上来帮忙，还关照我们看管好自己的东西，把行李捆在旁边柱子上，以防丢失和别人错拿。

旅客陆续上了船，大家都忙着找自己的位置挂吊床。到开船的时候，客舱甲板上挂了一百多张吊床，花花绿绿，绚烂多彩，仿佛是花布展销会。

吊床与吊床之间距离60厘米左右，没有私密空间，每个人的活动，都一览无余地展现在别人面前。同时，躺在

吊床上的旅行

吊床上，任何位置都能看到亚马孙河两岸的风景。

我以前从未睡过吊床。第一次坐上去，朝后一仰，差点儿头朝后翻下去。但没多久，就可以随心所欲地翻身和掉头了，十分惬意。

开船后，大家就开始互相认识。彼此问些“去哪儿”“叫什么”之类的问题，然后就熟了。船上活动空间有限，人们无事可做，男男女女在一起，浪漫的事情自然会发生。

从第二天开始，就可以看到一对一对的男女在一起，或窃窃私语，或打情骂俏。有的原本就是夫妻，更显得温馨甜蜜；有的是新交朋友，也展现激情和灵动。三层的咖啡座和酒吧，总是聚集着许多人。人们一边喝啤酒，一边听音乐；有的斜倚栏杆看风景，有的聚首一起聊天。有的热烈，有的羞涩。阳光和煦，微风拂面。这样的气氛实在适合谈恋爱。

我在日记里写道：船只在亚马孙河道里慢慢地走，我们在吊床上慢慢地摇，风景在眼前慢慢地流淌。一切都是慢的，安静的，语言在这里也变成轻柔的。那些曾经的情侣现在的夫妻在这样的旅行中轻松下来，轻声慢语地商量家事，彼此更加融洽；那些全家老小一起旅行的大家庭，相濡以沫，其乐融融。世间人情，走到哪里都是感人的。

4. 亚马孙人

亚马孙的风景实在太美，而亚马孙的人才是最耐看的风景。船上狭小的空间，让我们得以零距离接触当地老百姓，了解他们的生活。

我们吊床的对面是一个孩子和爷爷、爸爸，祖孙三人出行。刚刚上船的时候，爷爷引起了我的注意。他带了一台电风扇，可以看出是一个旧的，没有包装，这家伙在船上狭小的空间占地很大，老爷子怕被其他人的行李挤坏了，就一直想办法在固定。而那个孙子就是他的帮手，给拽绳子。

这个孩子黑黑的，小小的，一双大眼睛骨碌碌地转，聪明劲都在那双眼睛里了。

他有一个小伙伴，比他高半头的一个白白的孩子，两人没有事情的时候就在船上乱跑，打闹，但是并不让人烦，因为他们悄悄的，不会发出特别大的声音。

我很想给他们照相，不知道为什么他们就是不配合，有时候发现他们看我们，也对我们好奇，但是，每当我举起相机，两个人就一溜烟地跑了。是不是大人不让孩子和我们说话呢？

我开始和他的爸爸交流，比画说：你的孩子聪明。先指指孩子的背影，然后拍拍自己的头，再伸出大拇指，表示夸赞，爸爸高兴地笑了。他明白我夸赞他的孩子。

然后，找一个孩子自己在吊床的时间，我冲他笑笑，先给自己一块糖，放在嘴里，同时也给孩子一块糖，是不是有收买的意思呢？他接过糖，可以了，我举起相机，他不逃跑了，让照了一张。从这以后，他经常在我们的吊床附近玩，我也就可以给他和他的小伙伴照相了。

两个人在船上没有事情，也没有玩具，就是跑来跑去地捉着玩，有时候趁大人不注意干些出格的事情：把爸爸的化妆品抹在自己头上，结果呢，消灭了很多的化妆品。

他们对我们的好奇、探寻和迷惑都在眼睛里了。不知道他们是否想象我们的世界，但是他们一定知道有一对和他们不一样的东方老人。

到他们下船的时候，他们要帮助大人拿东西，不是提一个小包而是扛一个纸箱子。这时候，淘气的孩子就是大人的样子了，脸上那种嬉闹的神情立刻消失了，让你联想到亚马孙地区男人的世界，是那些男人的肩膀扛起家庭。

这个瞬间我没有照下来，但是，留给我非常深刻的影响。这只是两个10岁左右的孩子。

船上的老人很多，不知道为什么，也不知道他们去干什么？走亲戚、采购、做生意？

有些老人是和孩子们一起走的，也有是老两口一起的。老人在船上很快就可以找到自己的伴儿，经常看到女人们在一起聊天，开饭的时候就和自己的老伴或者孩子在一起吃饭了。

亚马孙地区的人们，还是女人操持家务，吃完饭，都是女人们在洗碗。我就是在洗碗的时候认识了一个老妇人。

我们的船票里包含饭费，一日三餐都由船方提供。有一个小小的餐厅，有些人就在自己的吊床边吃饭，那就需要用自己的碗筷。

那天我在洗碗的时候，向餐厅的服务员要了一块快洁布，这样碗筷很快就洗好了，那位老妇人还在洗，我随手就把快洁布递给她了。在我是非常随意的一件事，但是，那位老妇人却特别上心，再吃完饭后，她看到我洗碗就又还回快洁布。一来二去，我们就熟了，但是因为没有语言沟通，只能笑笑。

开饭的时候看到我和老公一起去吃饭，她比画手拉手，然后指指老公，我明白她的意思：这是你的另一半。我点点头，意思是“对”。

再一次，她和我比画：大肚子。我明白是指我们生过几个孩子，我告诉她“一个”，她非常惊讶，同时告诉我“九个”。现在轮到我惊讶了。我伸出两个大拇指，夸赞她有本事，但是，她对一大群孩子的事情摇头。我理解她可能还是认为孩子少点儿好。我们继续“手聊”，我做梳小辫儿的动作，告诉她，我的孩子是“梳小辫”的；她做同样的动作，说她有三个孩子也是“梳小辫”的。哈哈!

她和另一个老妇人一起出行，也去塔巴廷加。她们都穿旧衣服，可以看出原不是她们自己的，腋下都是用手缝的收得合适一些的针脚，下摆也是如此，她们的生活状态一下子就明了了。

这样的事情就是“手聊”无法聊的了。

5. 搭条小船过边境

我们的船到塔巴廷加时，已是晚上10点，天完全黑透了。

下了船，站在码头上，第一眼看到的是一艘快艇上站着荷枪实弹、全副武装的边防军。昏暗的灯光下，边防军的钢盔和钢枪闪着冷光。我想跟人家套近乎，冲一位战士笑着打招呼，换来的是一副冷峻的面孔。

塔巴廷加离马瑙斯1100多公里。所在地区，是巴西、秘鲁、哥伦比亚三国交界的地方。这里有三座边境城市：巴西的塔巴廷加、秘鲁的圣罗莎、哥伦比亚的莱蒂西亚。由于地处亚马孙雨林深处，又是三国边界，这一带贩毒活动十分猖獗，还有游击队活动。

下船的人较多，大家挤在狭窄的码头上。当地旅客大多有亲朋好友接站，不出10分钟，就疏散开了。

码头上只留下六位外国游客：除我们夫妻二人外，还有一对法国年轻夫妇，两个德国女孩。本想就伴儿与四人一起走，无奈他们是要去哥伦比亚，而我们要去秘鲁。如果当时有哥伦比亚签证，或许就和他们一路同行了。

德国女孩会讲葡萄牙语，她请当地人叫两辆出租车进来，出租车都停在港口外面。

很快，先来了一辆车，德国人和法国人挤进一辆车开走了。最后只剩下我们两个。

又等了一会儿，来了一辆红色的出租车，司机问我们去哪儿。我们没有预订酒店，也不了解塔巴廷加的任何住宿信息。就对司机说，去酒店，任何一家酒店都行。说了半天，司机听不懂。找了一位会讲英语的港口工作人员做翻译，才明白了我们的意思。

汽车驶出港口，朝远处一片灯光的方向驶去。

港口离市区三公里，并不算远，但这一段路没有路灯，四周漆黑，也很少看到其他汽车，不由得心里又紧张起来。曾有过出租车把客人拉到偏僻地方进行抢劫的报道。

“我们不会那么倒霉吧？”我嘀咕。“别瞎说！”老公给自己壮胆，其实心里更紧张，盘算着一旦有事该采取什么对策。

遇到类似情况不止一回了，早有心理准备。真遇上抢劫，生命安全是最重要的。劫匪图的是钱财，随身携带的现金做买命钱，放在外面口袋里，全给他就是了。要紧的是别把护照弄丢了。我们不约而同下意识地摸了摸贴身旅行钱袋里的护照及信用卡。

三公里的路，感觉走了很长时间，终于拐上一条有路灯的大街，车辆行人也多起来。

担心司机把我们拉到哥伦比亚，一再冲他说：“塔巴廷加、嘎萨！塔巴廷加、嘎萨！”嘎萨（Casa）是葡萄牙语旅馆、回家的意思，是我在船上跟当地人刚学会的。

汽车停在一幢阁楼式房子门口，上方灯箱有“Hotel”字样，知道这是到酒店了，但并不是灯火辉煌的那种大酒店。

司机示意我们下车，打开后车厢盖取出行李。老公心里不踏实，对我说：“你在车里待着别下来，我进去看看再说。”“先别给车钱。”

不一会儿，老公满脸笑容地走出来，我知道找对地方了。

这是个四星级花园式酒店，这座城市最好的酒店。到前台办入住手续，服务员很热情，看到我们的护照，惊讶得瞪大眼睛说，这是第一次接待来自中国的客人。

酒店装修很有特色，充满亚马孙特有的热带风情。直到这时，我们才完全放松下来。困劲儿袭来，上下眼皮子直打架。顾不上欣赏漂亮的大堂和房间，稍事洗漱就沉沉睡去。这是我们七天来第一次睡在床上。

一觉醒来，已经是早上9点。痛痛快快洗了个热水澡，然后去吃早餐。餐厅坐落在一个巨大的天井式花园一侧，一些穿着体面的男女坐在桌旁，一边喝咖啡一边轻声谈话，举止十分优雅。丰盛的欧式自助早餐，让我们想起在德国科隆的一家餐厅，味道却大不相同。许多从未吃过的食物，提醒你这里是在地球另一端的南美洲亚马孙。

早餐后出门。今天的任务是到警察局盖离境章，乘渡船过境到秘鲁的圣罗莎。到酒店前台要了张城市地图，问了警察局的地址、方向，就出了门。

城市不是很大。一条主要大街贯穿东西，南北方向的小街都不长，一眼就看到底了。走在街上，有一种似曾相识的感觉，氛围有点儿像云南中缅边境城市畹町，却不及畹町那

样精致。

到了警察局，门口挂着巴西国旗国徽，但没有警卫。径直找到办理离境手续的办公室，两位警官看了我们的护照和签证，什么话也没说就在上面盖了章。至于什么时候离境，没人问也没有人管。想起从阿根廷过境巴西那一次，两国边检都很严。相形之下，这里气氛太轻松了，反而让人有一种不真实的感觉。

接下来要到渡口，找船去秘鲁。有了马瑙斯的教训，这一次我们不再步行问路，而是叫了两辆“摩的”。街上“摩的”很多，司机都穿马甲，上面印着公司名称、编号，一看就知道是有正规管理的行业。价格也很便宜，每人每次2雷亚尔。昨天晚上，我们打出租车花了30雷亚尔。

打手势告诉司机我们要去码头，就上了车。“摩的”开得飞快，耳边风呼呼作响。我们紧抱司机的腰，在繁忙的大街小巷转来转去，很快来到一个码头。找人一问，这里没有去秘鲁圣罗莎的渡船。原来，这个城市不止一个港口，去秘鲁圣罗莎的渡口是在另一个地方。

我们跟“摩的”司机连说带比画，说要去秘鲁圣罗莎的渡口。司机怎么也弄不明白，就把我们载到一家旅行社，找个看似导游的人做翻译。导游写了一张字条，上面有渡口地址。

回旅馆收拾行李，打的去码头，车钱只是昨晚的三分之一。

到了港口，一眼望去，全是小木船。船上装着小百货、土特产、各式各样的热带水果。船上船下，人声嘈杂又富有活力，活脱儿一个露天的水上大菜市场。

像在马瑙斯一样，我们用“圣罗莎”这个地名词，表达复杂的意思：“我们想找售票处、想找渡船。我们要去秘鲁圣罗莎，渡口在哪里？”

当地人很友好，淳朴的脸上挂着微笑。许多人争先恐后指着跳板那边的小木船，嘴里嘀里嘟噜说着我们听不懂的语言。

顺着众人手势望去，三块一尺宽的跳板，连接着一艘小小木船，船篷都破了。

就是这条船？就是坐它过边境？脑海里突然映出“偷渡”这个词，传说中的偷渡，不就是乘坐这样的小船吗？

我们怔怔地站在跳板一头，不敢迈步。

船主已经迎了上来，是一个30岁左右的汉子，从我们手里接过行李，递给船舱里貌似他妻子的女人，里面还有一个八九岁的男孩儿。

望着周围巴西人诚恳的眼神，看着眼前这个壮实的汉子，直觉告诉我们这条船是安全的。于是，毅然迈过踏板，钻进了破篷小船。

没有漂亮的海关大楼和庄严的国旗，也没人检查护照和行李，就这样，每人花三个雷亚尔，小船载着仅有的我们两个客人，向河心驶去。

回头望着塔巴廷加，渐行渐远，心中飘过一丝淡淡的不舍。我们在这个国家度过了31天美好时光，许多美丽的风景、一张张鲜活的笑脸，依然映在脑海，挥之不去。而现在，我们就要离开了，这辈子也不会再来。别了，巴西！

转过头来，望着对岸秘鲁的圣罗莎，河面上一层薄雾，似乎不想让人看见她的真面目。

心里并不轻松：能否顺利入境？前边又有什么故事等着我们呢？

6. 圣罗莎

小船载着我们，穿过河中心那条看不见的国界线，向对岸驶去。河面上薄雾渐渐散开，圣罗莎变得清晰起来。

圣罗莎，坐落在亚马孙河秘鲁一侧的小岛上，虽被称做“市”，实际只是个小镇。我们瞪大双眼，努力搜寻秘鲁的国旗、国徽。边防检查、移民局所在地，一定有国旗、国徽，那是办理入境手续的地方。结果，眼珠子快瞪出来了，还是一无所获。

小船靠岸的地方，是一家木制的二层楼餐馆，基础由许多木桩支撑，房顶用棕榈树叶铺盖。门前铺设木板，下面流淌着浑黄的河水。沿岸都是这样的房子，像湘西的吊脚楼。

船主冲我们说：“到了，下船吧。”其实，我什么也听不懂，只是猜测。

我用英语夹杂中文问船主：“移民局在哪儿？在哪里办入境手续？”船主愣愣地望着我，一头雾水，不知所云。

我和老婆提着行李，站在餐馆门前的木板上，四处张望。忽然，约100米远的地方，一个中年男子朝我们招手，一边嘴里喊着什么。

“可能移民局在那边。”我说，“走，咱们去那边看看。”

老婆说：“路上都是水，可怎么过去呀？”

正犹疑间，见中年男子指挥另一条小船朝我们驶来，示意我们上船。

小船接我们来到离中年男子几米远的地方。这里也是一家餐馆，也是建在木桩上，门前木地板，悬空架在水面上。还有几块临时搭着的活动木板，越过流水的路面，连接到街对面的房子。

中年男子冲我们打手势，示意把行李放下，嘴里说：“护照！把护照给我！”他讲英语带很重的当地口音，但我还是听懂了。

我疑惑地盯着这个人，脑子飞快转着：这是什么人？为什么要护照？

眼前的中年男子，上身一件橙色T恤，下身灰色裤子，脚蹬一双高筒雨靴，站在街面上半尺深的水里，与镇上的其他人相比，气质显得自信而有教养。

难道是移民局官员？为什么不穿制服？为什么站在水里？我抬头望望天空，蓝天白云，太阳很亮，气氛祥和。

我迟疑不决，一连三次问道：“护照给你？”那人非常肯定地点头。老婆已经掏出自己的护照，递给了他。

见我还在犹豫，中年男子对我说：“你跟我走，她留在这里。”旁边的餐馆老板和老板娘，也一边做手势一边说让我跟他走。我猜他们的话：“他就是移民官。”

我放下背包，脱了鞋挽起裤腿儿，光脚蹚水，跟着中年男子朝斜对面走去。猛抬头，七八级水泥台阶浮出水面，托起一座砖木结构的房子，门框上挂着秘鲁国徽。啊！果然是移民局办公室，这才把悬着的心收了起来。

办公室房门大开，室内陈设简陋，一张桌子、一把椅子、两个柜子，墙上挂着一些图表，工作人员也只有中年男子一人。他麻利地拉开抽屉拿出入境章，给我们办入境手续。老婆不放心，也蹚着水跟了进来。

办好手续，移民官把我们领到一家小商店，买了第二天的船票，又安排到旁边旅馆住下，又领着老婆到货币兑换所换了秘鲁货币。我们向移民官挑起大拇指，夸他能干、服务态度好，他只是微微一笑。

一切安排妥当，出门游览市容。小镇中间一条主街，长约四五百米，本是水泥砖铺设路面，但接连下了两天雨，路面就淹了。这里气候分为旱季雨季，现在是旱季雨季交替季节。如果是在雨季，路面的水会更深。

我和老婆蹚着亚马孙河水，在街上走了个来回，不小心脚上划个小口子，怕感染，不敢走了。就坐在旅馆前的小饭店里，点了当地特色的菜：亚马孙烤鱼、芭蕉烧肉、一瓶啤酒，慢慢品了起来。

饭店临街一面是全开放式，坐在饭桌旁，街上景况一览无余。整整一个下午，我们就坐在餐馆里，看着“水街”上形形色色的人来来往往。

“水街”上没有汽车，也没有人力车。有小孩子在水里嬉戏，有情侣手拉手蹚水轧马路，还有小商贩沿街做生意。大家都光脚或穿拖鞋，穿雨靴的就是特殊人物了。

陆续又有几个背包客乘着小船，从秘鲁或哥伦比亚那边过来，签证官用同样的方式接待了他们。

天色渐渐黑下来。灯亮了，昏暗的灯光投射在波光粼粼的街面上，潮湿的空气中，飘浮着亚马孙烤鱼的香味。紧张忙碌了一天，却毫无倦意，静静地坐在那里，享受着圣罗莎静谧而祥和的夜晚，恍如在另一个世界。

病游马丘比丘

1.的的喀喀湖

普诺，安第斯山里的一个城镇，海拔3800米，贫穷落后，但每年会有大批游客到这里，因为这里有一个著名的高原湖泊：的的喀喀湖。

在普诺城里可以看到有尖塔的教堂，也可以看到街上戴毡帽、穿花裙子、背着一个色彩鲜艳的包袱行走的妇女，而男人戴自己编织的花花的毛线帽子。所有的一切都是新奇、独特和陌生的。

这里的印第安人原住民非常多，虽然西班牙入侵殖民统治了几百年，改变了他们的宗教信仰，盖起了教堂，但他们依然保留着许多自己的文化传统，说盖丘亚语，穿民族服装，沿续自己的生活习惯。

在安第斯高原可能有高原反应，这是常识。我们从北

秘鲁安第斯山民居

京走的时候专门带上红景天，到秘鲁首都利马就开始每天吃两次，还选择先走阿雷基帕，因为阿雷基帕海拔2000多米，在那里住了两天，目的就是调整身体，适应高原。

到普诺以后，我一直小心翼翼，当天就只在市中心转，第两天感觉还很好，下午才坐车去看著名的山顶墓葬塔。

安第斯高原，风光旖旎而独特。大片的农田和原野，碧蓝的湖面在微风中荡起涟漪，远山和天边相连，眼前是星星点点的民居和成群的驼羊。

印第安人是以农牧业为生，因为有驼羊，毛线编织技术高超；还因为有大片原野，春天会开满鲜花，因此喜欢鲜艳的色彩，连汽车和船头都装饰得五彩斑斓。房屋建筑很原始，就地取材，石块土坯垒墙，房脊上有不知名的神兽，我以为是用来祈福或者避邪的。

在古老的年代，部落间相互争战，那些高高山巅上的墓葬塔，就是当年在战争中死去的武士的纪念碑。现在它们俯视所有的一切，仿佛告诉人们，战争不能带来幸福，还是努力工作吧。

我们站在山顶墓葬塔前，高高兴兴地照相。清冷的风吹过，觉得身上有点凉，赶紧又穿上刚刚脱下的外套，当时没有感觉，到晚上，发烧了。真倒霉，明天还能去看的的喀喀湖吗？去看湖上的芦苇漂浮岛？真成了问题。

的的喀喀湖位于安第斯山秘鲁和玻利维亚国界上，面积8330平方公里，海拔3812米，是世界上海拔最高的可以通航的高原湖泊。

“的的喀喀”是印第安人盖丘亚语和艾马拉语的复合，意思是“神圣之湖”。“DIDI”在艾马拉语中是“猫”的意思，而“CACA”在盖丘亚语中表示“太阳岛上的神石”，非常奇怪的名字，给我的感觉像高跟鞋敲在路面上发出的声音。

最奇特的是，湖中有用芦苇建造的漂浮岛，岛上居民本来是原住民的一个部落，为了躲避战乱，在湖里用芦苇草搭建了一个又一个岛屿，然后在芦苇岛上盖房居住，材料全部是芦苇，而食物也全部来自水里。漂浮岛用长长的木桩插进湖底固定，拔起木桩就可以漂向另一个地方。

湖上的漂泊生活虽然艰苦，但保证了族群可以生存下去，可以不为争战而去死。他们这样的生活过了多少年，我们不知道，只是现在所有的一切，成了世界上独一无二的旅游资源，这是他们的祖先没有想到的事情。

我们翻山越岭来到普诺，目的就是看的的喀喀湖，看神秘的芦苇漂浮岛上原住民的生

活。已经和旅行社谈好第二天去的的喀喀湖的行程，付款买了票，但是一整夜高烧不退，虽然吃了药，早上自己感觉还是不好，头疼，无力，胃口不好。我就让老公自己去玩，我一个人待在旅馆里休息。

老公走了10分钟，回来告诉我：车还没来，回来看看，然后千叮咛万嘱咐地说："有事情叫前台，我告诉他们你病了。"

我一边答应知道了，一边催他快走，我自己开始上网打发时间。没有想到，30分钟后，老公又回来了，说："我不去了，我和导游讲好了，让他们退午饭钱，下午接咱们去看湖里最近的小芦苇岛。我陪你，实在不放心把你一个人留下。"

中午饭是他给我做，煮方便面。我还在高烧，可是想到如果我不去，老公也可能真不去了，那么遥远地来了，千辛万苦的就是为了看看世界上独一无二的湖泊，如果不去，会非常遗憾的，反正车接车送，去吧！

这回我穿了许多衣服，包了头，歪在车里，一点点力气也没有。其实当地人看到这样的人多了，一点也不觉得奇怪，因为到这里的游客会有许多人得高原病。我咬牙坚持着，还不能让老公看出来，否则他会内疚的。

我就是没有力气，提不起精神。老公看到我这样，着急又没有办法。他是没有照顾过病人的人，始终一副无奈的表情，而我一直想让他放心，却打不起精神，心里也着急。

车到码头，换乘小船。他们的船打扮得干净而漂亮，我从窗户看出去，大片的芦苇在水里随风摇晃，天空湛蓝，有朵朵白云，鸟儿时不时地掠过，划破宁静，水天一色，我们被蓝色包围了起来。

船到芦苇岛了，我们下来站在芦苇上，软软的，没有根基的感觉。本来自己就没有力气，现在更没有力气了，深一脚浅一脚地走着，岛上的人让我们坐在用芦苇捆好的，形状如同树干的地方，给我们讲他们的岛是如何建造的。

原来，他们是把有芦苇根的泥土切成一块一块的做基础，然后在表面铺好芦苇，一层一层地铺，再在芦苇形成的平面上用芦苇盖房子。房子小而且矮，非常简陋。这样的岛屿一般住三四户人家，也有大一些的岛屿。用一根长长的杆子扎到泥里，让芦苇岛固定在一个地方。如果要

走，可以拔出杆子，这个芦苇岛就随水漂流了。

奇特吧？为了生存，什么样的办法都能够想得出来，这就是人类的本领。

我们参观了他们的房屋和出售给游客的工艺品，现在这里也非常商业化了，但是不会追着你推销商品。所有的游客可以坐他们的芦苇船，体验一下当地人的生活，这是需要另外收费的。

非常有意思的是，上船和下船的时候会有穿传统服装的妇女唱歌，表示祝福、欢送和欢迎的意思。许多衣着艳丽的妇女站在一起，就是一道非常美丽的风景，再坐上造型奇特的芦苇船，大家可以想象一下，就是用芦苇绑起的船。我们坐过钢铁船、木板船、塑料船和橡皮船，就是没有坐过芦苇船，世上独一无二的芦苇船。

我没有精神，老公也就不想去坐船了。我告诉老公：你去吧，照相回来我看看，要不然，我连照片都看不到了。

其实这个时候我一直在高烧，但是想到一定要让老公玩好，自己就不说，坚持一下我还是可以的。

傍晚，一勾弯月升起。湖水在月光下发出蓝幽幽的光，高原夜晚的天空清澈迷人，漂亮极了。我只能隔着船上的窗户看着，一丝无奈涌上心头。但是看到老公兴奋地回来，给我看相机里的照片，心里舒服了：终于没有因为自己的病让老公带着遗憾离开普诺。

普诺非常落后，医疗条件差，而且我们已经订了去库斯科的汽车票，库斯科的海拔比较低，高反可能会缓解一些。

库斯科的医疗条件也会比普诺好，于是我决定坚持到库斯科再看病，这几天就一直吃自己带的药，消炎药和退烧药都不管用。这样我又熬了一夜。

2. 库斯科的急救中心

第三天的早上，我还在发高烧。老公现在负责所有的事情：整理背包，做饭。然后，一个人把背包背下去，大大小小四个包，一共八九十斤，再去找车。

坐长途巴士，在安第斯高原走了一天，到库斯科时，我已经不行了。两分钟的路，老公背两个大包，提两个小包，我空手还跟不上他，几乎是在挪，自己就明白一定要去医院了。

老公虽然知道应该去医院了，但是，他不知道如何去看病。在国内看医生都是我忙前忙后的，在这里，语言不通，他开始焦虑了。

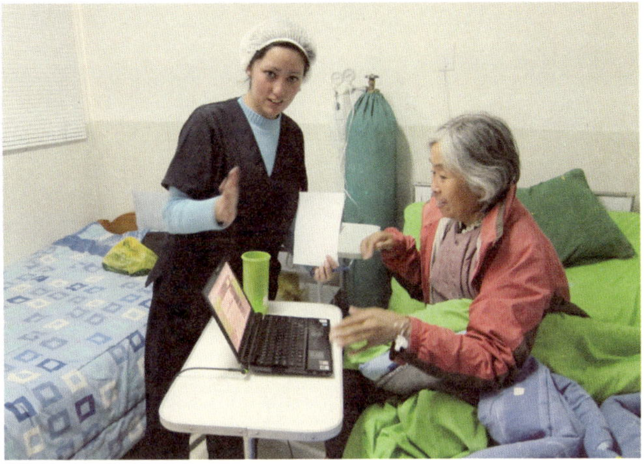

我告诉他，去医院没有问题，咱们买了国际旅游保险。他不相信，还让我坚持。到夜里高烧有40℃了，把老公吓坏了，立刻去找前台的服务生，打电话叫来急救中心的大夫。

因为不会西班牙语，就借助《应急手册·西班牙语》粗略告诉大夫我的症状。大夫稍微检查一下，说了一些话，听不明白。我就拿出国际保险卡，医生一看，马上说：“OK！”

大夫立刻带我们坐急救车去急救中心，到了就立刻吸氧输液。因为有保险，也没有要押金，而我们到这个时候，也顾不上花多少钱的问题了。

在这期间，急救中心和保险公司联系，保险公司给我们打过来电话，问我们需要什么样的帮助。这是一个说中文的女孩子，我回答：需要语言支持！因为我们英语水平有限，何况西班牙语，再加上都是医学专业术语。

保险公司的SOS（急救）中文服务大夫联系我们，给我们讲解了这里大夫的诊断结果和用药，还有他们的建议。这样，我们就放心了许多。

老公给折腾坏了，从夜里12点一直到凌晨3点多，眼都没合一下。我已经输上液了，他依然不放心，我催促他睡觉，他也不睡，坐在我病床旁边看药瓶。我告诉他，这样一大瓶会滴几小时的，还是睡会儿吧，他才靠在床边迷糊着了。

大夫的诊断结果是严重的高原反应和中度脱水，给我用激素和消炎药，加上吸氧和补充葡萄糖，很快，高烧退了，各项生理指标正常了。

早上6点多，老公就起来回旅馆给我拿东西。先找护士交代，然后才走。其实，我自己感觉已经不烧了。

老公返回医院的时候，已经8点多了，我问他吃饭了没有，他说吃了，旅馆有早餐。这样我就放心些。老公看到我的样子，也放心许多。

老公拿来了我们自己的电脑，利用谷歌在线翻译与大

病后初愈·秘鲁机场玻璃幕墙前

夫、护士沟通，一切都好起来了。老公哦，谢谢你！是我拖累了你。

通过交流，我们才知道自己当天晚上心跳120跳/分钟，血液的含氧量60%，而正常值应该是50～60跳/分钟和90%～100%。如果再晚些时间，我可能真不行了，想想是非常后怕的！

我病的时候特别想女儿，老公不让我打电话，说怕女儿着急，但是，自己心里想的是：听听女儿的声音，我就会有力量了，能够挺过来了。

我还是偷偷给女儿打了一个电话：当听到女儿的声音时我哭了，这是自己病了以后第一次掉眼泪。同时，心里舒服了许多，告诉女儿，我病了，但是已经好了。女儿用命令的口吻说：快点回到发达国家吧，有事情我还可以过去。我心里暖暖的，子教三娘喽！孩子长大了，成了妈妈的依靠。我现在是可以依靠老公和女儿，多好呀！

三天时间，老公一直陪我在医院里。我几次让他去看看库斯科市容，他都说："等你好了咱们一起去看，我先看了，就没有意思了。"

其实他更多的是不放心我，说："我知道你，刚刚好一点就会出幺蛾子，我得看着你，好好休息。"不能上网，不能下地，什么都不让做，就是睡觉。唉！我只能乖乖地听话养病。

住了三天医院，终于可以自己到街上活动了。各项生理指标正常了，大夫才同意我们出院。

在回旅馆的出租车里，老公拉着我的手说："好了真好，快吓死我了。"

我说："如果我回不去北京，看你如何对女儿交代！"老公瞪着我，半天没有说话。我赶紧说："呵呵，我吓唬你呢！我身体好着呢。"

库斯科，海拔3200米，当地人没有用高压锅做饭的习惯，米饭、面条都是半生的，我的胃根本不能接受。在一家中餐馆，请老板用他们自己家做饭用的高压锅煮了白米粥，一连吃了两顿，那是我们秘鲁之行吃过的最香的饭了。

老公陪着我，慢慢在库斯科的街道溜达，身体还是有力气的，就是不兴奋，和以前的自己不一样了。老公喜欢看到我高高兴兴的，对什么都惊讶好奇的样子，但是不知道为什么我一直没有精神，看到漂亮的建筑也不兴奋。病把我改变了吗？老公非常着急，后来知道是药物反应，停药就好了。

库斯科好漂亮，西班牙风格和印加风格糅在一起，非常独特的城市。它曾经是印加帝国的首都，是西班牙入侵者把印加神庙拆了，改成基督教教堂。但是，还是有许多印加人的遗迹保留了下来。

特别是那些打磨光滑的巨石垒砌的石墙，不用任何黏合剂，却严丝合缝，连刮胡刀片都插不进去，真让人不可思议。现代人不知道几百年前的印加人是用什么技术加工出来的，这样的技术已经失传了，战争和掠夺让许多文化消失了。

我们走在石子铺成的小街上，看到背孩子的妇女、卖花的女孩、嬉笑打闹的男孩和勤劳的男人，他们还是这里的主人，但是有许多文化已经分不清是西班牙人的还是印第安人的了。

3. 病游马丘比丘

马丘比丘，我心中的圣地，在北京看过介绍马丘比丘的电视节目，当时就非常向往。南美洲的马丘比丘，是此次旅行我们一定要去看的景点之一。

为了去看马丘比丘，病中的我天天祈祷：快快好起来吧！自己鼓励自己，一定可以的，要拿起精神，不能让病魔打垮自己。

老公知道我还没有力气背大包，就把大部分行李都寄存在库斯科的旅馆里，然后自己背着必需的行李，不让我拿一点点东西。

为了让我吃上可口的饭，他专门把电饭锅背上，仅仅就是为了有热水喝，为了煮熟一锅粥。我们以前也有存放行李走几天的时候，每次都把锅放下，因为太占地方了，这次老公坚持要带锅，宁愿把电脑放下。

就是这样，老公在马丘比丘山脚下的小镇旅馆里用30分钟煮熟了一锅粥，我依然还是吃什么吐什么。

原计划徒步印加古道，走四天去马丘比丘的，因为自己的身体状况，只能改变计划，从马丘比丘山脚下坐车上山。即便这样，老公还是很担心我的身体。

“可以吗？明天能上山吗？”他一遍一遍地问。我坚定地说：“可以，我一定要去看马丘比丘。”第二天一早，我和老公一起出发去马丘比丘了，虽然喝下热水又吐了出来，但还是坚持上山了。

到马丘比丘景区，可以带一些食品和水，但景区内没有卫生间。可以早早进来，大门7点以前就放人了，为的是让游客看到清晨阳光下的马丘比丘。

从公园门口到观景台，其实只有10分钟的路，一个并不陡的坡，但自己还是气喘吁

吁，以至于几个老外都一直问我：“OK? OK?”

我知道自己的样子一定是非常痛苦的，大家都穿单衣，我穿羽绒棉袄，走路摇摇晃晃的，也不敢说话，咬牙憋气，怕一张嘴就把气散了，就上不去了。对老外的应答就是点点头。

终于站在马丘比丘观景台了。虽然我身体依然虚弱，但是，看到那不可思议的建筑群，精神突然亢奋了，几天的无精打采没有了，出气也匀了。指着那些建筑和高山，不停地夸赞风景的美丽，老公高兴得恨不得抱起我。

马丘比丘，我来了！从遥远的中国到这里，几万公里，终于看到你了。

马丘比丘静静地藏在安第斯山群山环抱中，要想看它，需要到秘鲁的首都利马，坐飞机或者巴士到库斯科，

然后坐火车到一个小镇，再坐汽车走八公里盘山路才到。它的四周都是高耸入云、直上直下的山峰，左拥右抱，中间一块略微倾斜的地方，修建了许多建筑和梯田。

在这里可以慢慢溜达，或者找一块地方，坐在那里看风景和驼羊，也可以敲敲那些石头，问问它们的故事，不过至今没有人可以说清楚它们的年代和主人。

我们找一个地方坐下，看云从山下慢慢升起，慢慢地包裹着山体，遮住建筑。太阳出来了，金色的光芒穿透云层，绿色的山抹上金色，灰色的石头也成了金色。梯田一层一层铺展下去，直到看不见，远处山沟里的火车咣当咣当开过来了，又咣当咣当开走了。游客们分散在建筑群中寻找印加古国的历史痕迹，驼羊则悠闲自在地吃草。

在这里还可以去爬山，宣传照片上的背景山是可以上去的。路非常陡峭，一般需要两三小时，还必须获得公园方面批准，在进门卖纪念币的地方盖章。为了保证安全，管理方要求分两批进入：7点一批200人，10点一批200人。每天最多只许400人爬山。

为了成为四百分之一，许多人凌晨3点起床排队去盖章。我们知道有这样的活动，但不知道在哪里盖章。为了让老公完成自己的心愿，我们和把守山门的工作人员商量了许久，终于得到允许。我在下面等他。

结果，老公以惊人的速度上下了一趟：50分钟上去，40分钟下来，路上还拍照。一般人要花90分钟上山，70分钟下山的。当他满头大汗，光着两条胳膊，只穿着一件背心出现在我眼前时，我真的感动了：不要这样对我，我该如何谢你呢？我知道，你如此拼命就是担心我在下面出事，其实我没有事的。

终于圆满完成了马丘比丘之旅，这次把老公折腾坏了，每换一个地方，都要把两个大包和两个小包全部背走，到旅馆还要给我做饭，买吃的，照顾我，晚上还不敢睡踏实，辛苦他了。

我从心里感谢我的老公，没有他，我真不知道如何能够挺过来。每次我说感谢他的话，他就说："病让老婆变成小女人，温柔多了，真好。"

我知道他是怕我内疚，但是我心里还是非常舒服，很受用的。幸福是什么，就是这样的简单。

神奇的尼泊尔

1. “计划外项目”

喜马拉雅山脉南麓的小国尼泊尔，从来没有想到去看看它，它离我们太遥远了。

2009年春节，我们计划去西藏旅游，网上查资料时，看到可以走陆路去尼泊尔。搜索尼泊尔的介绍，有一句话吸引了我：“神比人还多，庙比房子还多。”在欧洲游走时，看到西方人对宗教的态度，就希望更多了解一下东方人对宗教的态度，这是一个极好的机会。

我想去尼泊尔，想在北京办好签证，可是老公不同意，说：“不清楚西藏的情况，通不通公路？有没有车到尼泊尔？什么也不知道。到拉萨了解情况再说。”于是只带了护照，没有办签证。

没想到，在拉萨东措国际青年旅舍碰到的第一个驴友，就在找伴儿去尼泊尔。后来才发现，去尼泊尔的人很多，有的人就是为了去尼泊尔才进藏的。于是，老公也兴奋了，决定借这次西藏旅游的机会，从陆路去趟尼泊尔。

去办签证，尼泊尔驻拉萨总领事馆门前有许多人在等待。10点开门后，领事说，办签证需要新、旧护照一起审核。我的旧护照没有带，只好给女儿打电话，把旧护照复印后传真过来，花了 150元。签证费才175元。

第二天又去领事馆，工作人员看着我的护照及旧护照复印传真件说：“不能保证给你签证。”我晕！花了150元传真费、两天的时间，又付了175元签证费，要是拿不到签证，不是亏大了？没有办法，只好听天由命了。

好在有惊无险。又过了两天，我们顺利拿到了签证。

2. 除夕夜在大山里数星星

我们一行四人，包了辆越野车，从拉萨出发了。除我和老公外，长沙的小伙子小肖也去尼泊尔；还有个兰州的小伙子，他不知道可以去尼泊尔，只是和我们一起租车在西藏玩儿，一路上直后悔没有带护照，不能一起去。

离开拉萨，越野车载着我们，沿雅鲁藏布江一路向西，饱览高原壮美风光，看了羊卓雍措、江孜白居寺、日喀则扎布伦寺，还去了珠峰大本营，走了三天。

第四天早上从老定日出发，10点开车，下午4点到达樟木口岸，兰州小伙子依依不舍地告别，和司机回拉萨了，剩下我们三人准备过境。尼泊尔和北京时差两小时十分钟，给女儿打电话，说我们去尼泊尔了，可能用7天的时间，也可能没有电话联络。

想兑换尼泊尔卢比，银行已经下班，员工回家过年去了，才想起今天是大年三十。找私人兑换，汇率是1:11.65，老公怕上当，说先换100元。小肖说不够，需要3000元人民币。老公折中，换了2000元，我的口袋立刻鼓鼓的，2000元人民币变成了2万多尼泊尔卢比。

樟木口岸边境贸易繁荣，进出海关的人很多。海关大楼庄严气派，工作人员和善可亲，我们顺利出关，走过友谊桥进入尼泊尔，就是另一番景致了。

在一排小平房里，许多人围在一起乱哄哄的。我们挤到办公桌前，尼泊尔官员看看护照和签证，不给盖章，说交200卢比。我们觉得奇怪，从没有遇到过入境交现金的事情，而且没有任何单据。小肖说，在拉萨时就听说尼泊尔的海关要钱，不给就拖着不办。这时已经下午5点，时间紧，还要赶路去加德满都，不想和他们纠缠，就每人给了200卢比。

要命的是，由于是临时决定来尼泊尔，事先没做功课，对尼泊尔的情况完全靠道听途说，心里没底。小肖说，在拉萨听人说，樟木口岸有长途汽车去加德满都，车费每人80元人民币。于是开始找长途车站，打算赶到加德满都，参加长城宾馆举办的华人聚会，吃年夜饭。

老公用他蹩脚的英语到处打听长途车站在哪里，当地人都说："今天没有车。"我们弄不清是怎么回事，就给长城宾馆打电话，号码是我在拉萨青年旅馆要的。宾馆老板是中国人，他告诉我们，如果打出租车，2400卢比可以到加德满都。至于为什么没有长途车，他也不清楚。

时间已经不早了，本想在这里住一晚，可又想参加长城宾馆的年三十聚会，于是按2400卢比的价钱找车。街上车很多，但都不去加德满都。一个尼泊尔人告诉我们："加德满都，路，没有了。"他说的是中文，可我们不明白他的意思。想找个中国人问，在拉萨时听说樟木口岸过境后能碰到很多中国人。可能是时间太晚了，也可能是年三十回家过年去了，当时找不到一个中国人。

那个尼泊尔人追着我们："4700卢比，加德满都。"我们跟他砍价，砍不下来。另一个人说他可以找到便宜的车，开价2500卢比，但附带一些条件。我们听不太明白，但还是跟他去看了那辆车。

不管怎么说，总算找到一辆，70年代的丰田轿车，破破烂烂的，连后视镜也没有。

终于上路了，一路风景很美，但路况不好，两旁都是悬崖峭壁。车速不快，开着开着，突然猛地震了一下，汽车爆胎了。下车一看，离路边只有半米远，下面就是万丈悬崖。我不会开车，不知道爆胎的危险性，还是老公给我讲："刚才，差一点儿就玩完了。"我吓得后脊梁直冒冷气。

趁司机更换轮胎的工夫，我和小肖看风景、照相。路上车不多，让我们感到新奇的是，大轿车都坐得满满的，连车顶上也坐了许多人。我对小肖说，他们怎么不害怕？这么陡的山路，万一出事是什么后果？

换好车胎，又上路了。原以为这下可以一直开到加德满都，没想到还有故事在后面。走了几十公里，天渐渐黑下来。忽然，远方有火光，人声嘈杂，路上停满了各种车辆，完全堵死了，一步也动不了。人们都下了车，来来回回走着。不知道出了什么事。

司机下了车，到前面去了解情况。我们站在车旁，心情越来越焦躁。天已经黑透了，满天星斗，十分明亮。我们没有心情欣赏美丽的夜空，只是焦急地等待。

过了很久，司机回来了，还带了一个人，对我们说：2500卢比。我们不明白什么意思。后来的那个尼泊尔人会一点中文，告诉我们路堵了，过不去了，由他把我们送到加德满都，但要先付清前半段路的车钱。

终于明白了，在樟木为什么有人说"路，没有了"，其实就是堵车了，走不了。一条路分成两段，前段路2500卢比，下一段还要2500卢比，而且是在路通了以后才能走。

原来这里出车祸轧死一个村民，当地人设路障把路堵死，整整一天，对面的车过不来，这边的车也过不去。在樟木那个给我们找车的人看我们英语太烂，骗了我们，害我们在这里数星星。

这里的警察也不管事，拿一根小棍站在那里看。当地人也不生气，都下来走路，或者就待在车里不动。看到我们气急败坏地朝司机喊，他们凑过来打听一下，笑笑走了。

我们决定自己找车，跨过路障去看对面的车是否有返回加德满都的，在找到车之前不给司机钱。一个大巴司机开价5000卢比，马上走；老公和他砍到4000卢比，因为已经很晚了，实在不知道还会发生什么事情，破财免灾吧。

就在准备坐大巴去加德满都时，突然发现汽车都在发动，路通了！我们立刻跳下巴士，拉着之前那个司机，让他继续送我们到加德满都。他不答应，只好去找那个会一点儿中文的司机的车。这时已没精神砍价了，2500卢比打发了前边的司机，他感激涕零地谢我们；2500卢比坐上另一辆车。多花一倍的钱才到加德满都，好心痛呀。可这一路的经历，也算是对这个国家有了初步了解。

到长城宾馆时，已经过了北京时间午夜12点，华人年三十聚会结束了，央视春晚节目也结束了。我们还没吃饭，找老板要了几个馒头和一盘泡菜。这就是我们尼泊尔之行的第一天。这就是我们2009年的春节。

在长城宾馆碰到两个中国人，一个是在马来西亚工作的小伙子，听说我们没有攻略，立刻把他的攻略送我们了；另一个是从国内来的小刘，一个漂亮女孩，后来我们结伴同游，她的英语不错，成了我们的免费向导。

我们当晚住在长城宾馆，老板告诉我们，在尼泊尔，堵车是经常的事情。

3. 比房子多的庙，比人多的神

尼泊尔人92%信奉印度教，其他的信仰佛教。

第二天，我们去斯瓦扬布寺和四眼天神庙，因为有几百只猴子在这里，又称猴庙。现在我们是四个人的小分队，当地人都说我们是一家子。

加德满都的街道狭窄而拥挤，到处是商店和小摊小贩，三轮车、汽车和行人走在一起，没有单独的人行道。有一段未铺路面的街道，在大风中扬起灰尘，塑料袋在天空飞舞。为了遮挡尘土，我把冲锋衣的帽子戴上，天气很热，但是没有办法。

尼泊尔人有雅利安人和蒙古人血统，有的高鼻深目，但皮肤比较黑；有的和中国人相似。女人穿纱丽，特别鲜艳，裹大披肩，穿拖鞋。男人穿着随便，许多人戴他们的国帽，围巾包裹在头上或脖子上。

在大街小巷穿行，小肖和老公不停地照相。我一路走，一路不停地惊讶，小刘做解说，她已经在这里住了几天，见怪不怪了。

拥挤、嘈杂、纷乱、喧嚣、肮脏和原始的精美、绮丽、奇异、神秘交织在一起，一切都在撞击你的视觉、听觉和其他感官，让你应接不暇，大脑来不及处理这么多的印象，只剩下惊讶和一种莫名的恐惧。

我们在猴庙前惊呆了。这是什么地方，这些建筑是干什么的？有些似曾相识，那些佛和白塔，有些就不认识了。大大小小数不清叫不上名字的建筑从山脚下一直铺上去。我们沿台阶走，来到山顶，这里的庙更壮观，仔细看看，特别精美、漂亮、奇特的雕刻。特别是一座大大的白塔上的眼睛，在任何地方都能够感觉他在看你。为什么叫四眼天神呢？还有那个问号一样的鼻子，据说这个鼻子是尼泊尔文的“1”，是人佛合一的意思。

这里的游客多，当地人多，孩子多，然后就是猴子多了，和人一样，它们在这里跑来跑去。我们慢慢地仔细地看，依然研究不出个名堂，就看热闹好了。如此密集地修建许多宗教建筑还是第一次看到，仿佛置身于一片宗教树林。我开始体会到：有多少房就有多少庙，有多少人就有多少神。

老公不停地说，尼泊尔是一个应该来的地方，真没有想到是这样的一个地方。

晚上我们在泰米尔区逛街，这里是加德满都的古城，

陶瓷广场 · 尼泊尔

也是市中心，还是购物天堂。琳琅满目的商品，各种各样的手工艺品、毛线制品和纸制品，太诱惑人了。正当我们逛得高兴的时候，突然停电了。不过各个商店马上开了发电机，大家欢呼一下，继续逛。后来才知道，这里几乎天天停电，每晚从8点到12点。当地人习以为常，我们却非常不适应，特别是回了旅馆，摸黑洗漱，一直到睡觉都是在黑暗中度过，痛苦死了。

生活 · 尼泊尔

神牛 · 尼泊尔

4. 活着的中世纪古城

巴德岗，尼泊尔语意为信仰之城，是加德满都谷地的三城之一，13世纪到18世纪马拉王国的首都，曾经遭受到地震破坏，但是大部分建筑保存完好，被列为世界文化遗产。

巴德岗距加德满都一小时车程，我们坐巴士去巴德岗，每人17卢比，和当地人一起在土路上颠簸。车上人不多，卖票的人一直吊在车门上，一路叫喊着拉客，见有人招手，即刻停车上人。

在巴德岗大门前，卖票的查看我们的护照，票价是中国人50卢比，其他国家的750卢比，第一次骄傲了一下。

巴德岗的路是红砖铺的，由于年代久远，路面已经坑坑洼洼，但当年的风采还是保留了下来。宽宽的大路，一直铺下去，两边房子也是红砖盖的，精美的木雕已经开裂，神仙的姿态却风采依旧。许多老人坐在门边，呆呆看着路上的游客，没有表情，像木雕一样。

我们去看陶瓷广场，许多人用原始的办法生产陶器，他们努力，平和，认真地，在树下，在阳光下，劳作着。周围散放着打完颗粒的谷草，牛在慢慢地踱步，孩子在土地上嬉戏。看到他们，你会忘了时间，很难相信这是在21世纪。

加德满都谷地一共有三个杜巴广场，我们来到这里最大的。已经中午了，找一家餐馆，在面向广场的回廊，一边吃饭，一边欣赏风景。

四周都是古建筑，对面的庙供奉的是毗湿奴的恐怖相，这是我看攻略书知道的，至于谁是毗湿奴，好像是印度教的一个主神吧，我不清楚。左面是高高大大的一座庙，有许多雕像排列着，五层基座，从下往上，依次是力士、大象、狮子、鹰和怪兽。

这些庙是不可以进去参观的，就是信徒也不能进去，只有神职人员可以瞻仰那些神的面貌。108个女神雕像和猪嘴房檐是这里必看的，但雕像在特别高的地方，我们仰着头看，帽子快掉下去了。

每年4月有盛大的祭祀活动，用战车拉着毗湿奴的恐怖相游行。平时，战车分解开来，各个部件就放在庙的围墙边，人们走累了，就坐在那里休息。

吃完饭，离开杜巴广场，沿红砖铺的路继续走下去，就到旧王宫了，可以进去参观，有许多精雕细刻。没有金碧辉煌，没有富丽堂皇。

王宫外的广场很大，有几个建筑和吴哥石窟相似，还有一座长廊一样的建筑。这里的一切都是以前没见过的，也想不出是做什么的。我们就是一群无知的傻瓜，在这里游荡，除了眼睛就是相机不停地咔嚓，回来看看，张张照片都令人惊叹。

巴德岗就是这样一个红色的古老的城市，到处是红色的砖木建筑，时间把它们剥蚀得满目疮痍，依然保持了苍老的红色。人们在这样一个古老破败神圣原始的城市中安静地生活，孩子天天面对游人的镜头好奇的神态依旧，妇人们则忙碌她们自己的生活，老年人没有表情的面孔告诉人们他们的经历已经不用表情了。

5. 神、人、动物一起和谐生活的国度

尼泊尔是世界上唯一以印度教为国教的国家。原来只听说恒河是印度教的圣河，许多仪式是在那里进行的。殊不知，尼泊尔才是真正的本源，这里的帕斯帕提那神庙是印度教

最主要的神庙，每年许多印度教徒都要来这里祭拜。

帕斯帕提那神庙俗称烧尸庙，是印度教徒死后火化的地方。神庙建筑宏伟，占地面积很大，庙门前的巴格玛蒂圣河，是教徒离世后行走的最后一段路程。河对岸有一排白塔，旁边有几个苦行僧，塔内雕有湿婆创造力的林伽，就是生殖器，僧侣和教徒们常坐在里面冥想，思考生与死的问题。

我们站在白塔旁边，看着河对面的人把尸体搬到河边，用河水洗涤，然后火化，青烟袅袅，化为一堆灰烬。与此同时，还有人在河边洗衣服，有孩子在河中嬉戏，甚至有人在烧尸台河边的下游，手拿一根带网的长竿，从河中打捞随葬的财宝。这样一幅图画，太令人震惊、太让人深思了。

但人死后还分等级。沿河排列着六个烧尸台，正对庙门的是王室专用，右面是富人（贵族）专用，左面过了桥还有四个，是平民使用的。

许多游客来这里，寻找人类生命与死亡的意义。不知道别人的感受，我自己只是困惑、好奇、惊讶，更多的是震撼。我们对死亡总是充满恐惧，不知道印度教的生死观是怎样的。但这里听不到有人哭泣，也感受不到恐惧。

感觉上，尼泊尔人对生与死、人与神、世俗与天界的看法，与我们截然不同。人好像生活在神的世界里，神也生活在人的世界里。

在加德满都杜巴广场，就是这样一番景象。据说这里有50座神庙，我们不知道，也数不清楚，反正到处都是庙，有大有小，著名的有独木庙、活女神庙、湿婆庙、马居德瓦尔神庙，等等。

与我国佛教的庙大多在深山老林不同，这里的神庙就在市井中，与集市、菜市场、街道交会在一起，还有悠闲自在的神牛、猴子。人们在这里祭拜神，做生意，过日常的生活。

印度教的神庙，非教徒是不能进的。我们坐在大庙高高的九级台阶上，久久地看着下面熙熙攘攘的人们，纷乱、嘈杂、忙碌，和秩序、悠闲、自在融合在一起，现代文明和原始愚昧融合在一起，牛、狗、猴子、鸽子和人、神融合在一起，是那么矛盾而又那么和谐。真不可思议。啊！神秘奇特而美丽的尼泊尔，好喜欢你！

美丽的哈瓦那

1. 旅游卡的故事

提起古巴，总能唤起我们这一代人的许多回忆。20世纪60年代加勒比海导弹危机，让我们知道了遥远的地方有个美丽的国家叫古巴，受到美帝国主义侵略，为了支持“拉丁美洲的社会主义明灯”，全中国人民都吃古巴糖，唱古巴的歌。

我一直清晰记得《美丽的哈瓦那》的歌词，憧憬着有一天能亲自去那个遥远的国度看看，这一天终于来了。

在北京没有申请古巴签证，怕在美国惹麻烦。美国制裁古巴，实行禁运，不仅美国人不能去古巴旅游或做生意，其他国家公民也不能经美国进入古巴，否则违反美国相关法规，会受到处罚。

针对美国的制裁，古巴采取“另纸签证”策略吸引游客，俗称“旅游卡”。旅游卡分上下两联，入境时收一联，出境时交回另一联。这样，护照上没有到过古巴的记录，以后再进出美国就没有问题了。

从墨西哥或加拿大都可以去古巴。墨西哥坎昆离古巴最近，机场和市区的旅行社都有旅游卡出售。我们在坎昆所住旅馆旁边的一家旅行社买了旅游卡，20美元一张，还可以预订机票和酒店。

游客进入古巴必须提前预订旅馆。哈瓦那中档酒店一天价格是160比索，相当于200美元。还有家庭旅馆，可以网上预订，一般在15到20美元之间。我们订了家庭旅馆，一是省钱，二是可以了解当地百姓的真实生活。

古巴的货币实行双轨制，外国人使用“可兑换比索”，类似于我国20世纪80年代的“外汇券”，与当地人使用的古巴比索的比价是1：24。所以，外国人去古巴旅游的价格是非常昂贵的。用外币兑换古巴比索（外汇券），美元汇率最差，其次是加拿大元，欧元最好。这也是古巴对美国制裁的反击。

2. 古巴的客机

提前三小时到坎昆机场，找到古巴航空公司柜台，前面密密麻麻已经排了许多人，行李堆得像小山一样。老公不相信这是古巴航空的柜台，找机场服务人员询问，得到明确答复。老公说，那就排队等吧！后面又有人陆陆续续来排队，而且都带着一大堆行李。

开始办登机手续了。作为外国人，我们荣幸地享受了贵宾待遇，众目睽睽之下，工作人员领我们到最前边，优先办了手续。

进入候机大厅，透过玻璃幕墙看到去哈瓦那的飞机。飞机不大，估计载客120人左右。工作人员正在装行李，按计划下午1:50起飞，时间过了半小时，还未得到登机通知。

下午4:00才开始登机，进入客舱，又发生让人惊讶的事情：后面三排座位堆满了行李。怎么可以在客舱堆放行李？只见许多人议论纷纷，却不知人家说什么。一个老人大声说话，情绪有些激动。机组人员向他解释半天，最后把座位上的行李卸下去，让老人坐到那里。原来，老人抗议行李占了他的座位。

终于，飞机起飞了，太阳也下山了。老公说，到了哈瓦那，天就全黑了，不知能否顺利到达旅馆。

在机场行李提取处，人头攒动，除了乘客等待取行李外，还有许多机场工作人员也等着取行李。他们手里有一把字条，上面写有行李号码。

等了差不多两小时。这段时间，我们捺着性子，像看旅游项目一样观察周围，终于明白：古巴人从墨西哥带回许多紧俏商品，机场工作人员也利用职务之便为自己或朋友捎带东西。只见人们手里提着成包的卷纸、小孩使用的纸尿裤以及其他物品，和我们20世纪80年代在机场、车站常见的场景一样。

在外汇兑换处换了古巴比索，叫出租车每人25比索，还有一个人和我们拼车。我们知道这个价钱很贵，但没有讲价的余地。不过服务还不错，司机一直把我们送到旅馆门口，帮我们提行李，敲门看到主人出来并确认就是这里，才收车钱。

3. 哈瓦那老城

古巴曾是西班牙在美洲最早建立的殖民地之一，统治300多年，至今保留着浓郁的西班牙风情。哈瓦那的主要旅游景点，老城、卡洛斯·曼努埃尔广场、旧国会、莫罗城堡和灯塔、大教堂，处处显露出当年西班牙曾经的辉煌，整个老城被列为世界文化遗产。

从我们住的地方去老城参观，步行半小时左右，中途经过几个著名景点。先是地标性建筑大教堂，保护得很好，还在使用。后来发现，哈瓦那的许多教堂都在使用，宗教活动很多，有的还把国旗和圣像摆在一起。和房东聊天，她说，能有现在的房子，应该感谢上帝。可见宗教在古巴人生活中占有重要位置。

继续前行，一个很大的街心花园和广场连在一起。人们悠闲地散步，几十辆出租车和三轮车一字排开，叫车的乘客却不多。广场及周边有许多雕像，雕像前有生平介绍，有的是英雄，有的是艺术家，有的是科学家，颇具欧洲风格。

哈瓦那旧国会大厦与美国的国会大厦造型相似，也是巨大的圆顶白色建筑。古巴人自豪地说：美国有的我们也有。除了外观壮丽，里面的精美也和欧洲建筑不相上下，精致、奢华、大排场，可以想象当年西班牙人的富有和奢

哈瓦那老城

侈生活。

从旧国会大厦去老城，可以走大街，也可以钻小巷，我们选择了小巷。许多小巷经过翻新修缮，恢复了原有的风格。在这些小巷中慢慢徜徉，细细品味，这里很容易让人想起欧洲小城的景致，但又蕴藏着一种说不清的加勒比风情。找个小酒吧，品尝一下当地美酒，让人思绪万千。

老城的建筑和街道，厚重而富有沧桑感。我们参观一座教堂，外墙用巨大的白灰色石块砌成，石块经过打磨，表面仍显粗粝而凹凸不平。仔细观察，可以看到石缝中夹杂着海螺、贝壳和其他远古海洋生物化石。这样的石块建筑天生具有一种沧桑感，再加上时间的磨砺，更显得久远而神圣。

教堂前的广场上，有不少咖啡座和旅游纪念品小摊。几个穿着艳丽、打扮得花里胡哨的女人，主动向游客出击。如果你够大方，她会给你个大大的吻，在你脸上留下红红的唇印，然后要钱。转过脸立刻从口袋里掏出口红，再把嘴唇涂得红艳艳的。还有些人主动找游客搭讪，兜售古巴雪茄，或用当地比索兑换外币。

老城靠海的一侧，路边停着许多旅游大巴，其中有些是中国宇通的牌子。再向外，是长长的海堤，与海堤平行，内侧修了宽阔的马路，远远的高楼在路的尽头。隔海相望，对面是要塞城堡。巨大的城堡看上去险要而雄伟，还有一座高高的灯塔。

那天天气不好，风很大，海浪不停地拍打海堤，浪花直冲上路，十分壮观。年轻游客们专门等浪花越过海堤冲上岸，淋个透湿，然后尖叫着跑开，非常开心的样子。

去城堡参观，必须穿过海底隧道，只此一条路。可以坐公交车，也可花五个比索打车，其实只有一公里左右的距离。

城堡建在市区对面海岛上，地势较高。站在城堡里可以看哈瓦那全景，仿佛城市漂浮在海面上，高高低低的建筑错落有致，在蓝天下画出无数的线条：圆的、尖的、平的、直的。

登上高高的灯塔，就感觉到了要塞的险峻，脚下海浪拍打着礁石和石墙，发出巨大的轰鸣。面向大海极目远眺，水天一线，一览无余。灯塔周围修建了无数炮台，炮口朝向大海，警惕地保卫着这座城市。

1492年哥伦布航海到古巴，1511年西班牙人占领了这里，修建了城堡要塞，也修建了哈瓦那城。在后来的很多年中，这里成了西班牙人向美洲扩张进一步的桥头堡。

4. 马当萨斯

马当萨斯是个县府，号称古巴的雅典娜。听到这个美丽的名字，立刻就有一种想去看看的冲动。

马当萨斯离哈瓦那半天的车程，外国人必须坐指定的客车，买票和候车都有专门房间，车票是手写的纸条，但要放在机器里复制个备份。大部分路程沿海岸线走，让你知道古巴是一个长形的岛国。有些路段进入内陆或山区，可以看到热带雨林、耕地和盐碱地。我们还看到中国援建的工程项目，上面飘扬着中国国旗。

路况还不错，基本是普通公路。途中有休息站，设施齐全，但比较简陋，卫生间收费，每人一个比索。看卫生间的老太太发财了，一卷纸可以收回几十个可兑换比索。

来到马当萨斯，找到预订的家庭旅馆，放下行李谈价钱。这个家庭旅馆是哈瓦那房东介绍的，说房价是每天20比索。这里的房东开价25比索，我们不同意，她也就不再坚持。

其实，这个价格真是物超所值，房东原来可能是贵族，他家的房子十分漂亮，占地三四百平方米，屋子布置得古香古色，连地面的瓷砖看上去也像是古董，绝不是现代的东西。成套的古典式家具，各种小摆设恰到好处地点缀其中。超大的卫生间，奢华程度不亚于五星级酒店。我们住的房间也很大，还有一个小院子。

更让人惊讶的是餐厅和用餐礼仪。长方形餐桌铺着漂亮台布，成套的餐具，刀叉是银质的。我们吃了一顿龙虾，前菜、主菜、甜点，十分考究，就像电影里欧洲贵族用餐一样。但花费并不算多，早饭每人每天3比索，晚饭吃海鲜每人每天8比索，吃鸡肉每人每天6比索 。可能是来这里的游客太少，也可能数年遇不到一个客人，我们才能享受如此待遇。

相形之下，在哈瓦那住的家庭旅馆就太寒酸了。那是个坐落在普通民居三楼的50平方米套房，两居室，房东和她的女儿住一间，另一间做客房。客厅很小，陈设简单，一台12英寸的黑白电视机，还有一个单门小冰箱，看上去像二手货。我们的房间10平方米左右，只有一张床、一个破柜子。卧具质量很差，都是化纤的。卫生间是公用的，有两个门分别通向两个卧室。房东是50岁上下的女人，她说这套房子是父亲留下的，她父亲从西班牙移民过来，她本人也拥有古巴和西班牙双重国籍。古巴的家庭旅馆都是政府批准的，有营业执照。从2005年开始，容许公民利用自己的空房经营旅馆。应该说这个家庭旅馆达到了政府要求的标准，但说实话，真够简陋的。

实在想不通，为什么两个家庭旅馆差别如此之大？是不是马当萨斯有什么特别之处？我们只知道，距离马当萨斯一小时车程的瓦拉蒂罗海滩，是世界十大著名海滩之一。我们去海滩游泳，发现这里的美丽程度一点儿也不亚于墨西哥坎昆，而且更长更大。坎昆海滩已经被高度开发，这里却像一个未出阁的少女，依然静静地躺在那里。

马当萨斯地方很小，纵横交错的几条街，走过来走过去，没多远就出城了。街边建筑显得简朴，但有很多老房子。我们看街道、看民居、看教堂、看这里的人。我们看别人，却不知道自己更引人注意。后来才发现，我们走到哪里都吸引眼球，好奇而友好的眼神一直跟随着我们。

简朴宁静的小城，似乎还没有受到全球化现代生活的影响。

5. “改革开放的大门刚开了条缝儿”

哈瓦那老城景区刚刚经过翻新，整洁漂亮，其他街道和居民区，就是另一番景象了。

我们在哈瓦那市内逛街，发现许多西班牙风格的街道和建筑，非常古老但缺乏维护，有的房角坍塌，大片墙皮剥落，显得残破败落。也有不少新建高楼，造型和20世纪70年代北京兴建的高层住宅相似。

商场里商品品种少，数量也少，价格也不高。菜市场里有土豆、葱头、凉薯，水果只有木瓜和香蕉。有鲜花出售，一看就是几天前的，有点儿蔫儿了。肉店门口总是有人排队。在一家面包房，看到许多人排队，手里还拿着红皮小本，我跑到柜台前伸脑袋看。哇！他们用的“本”和我们以前使用过的副食本、粮食本是一样的，只是上面写的是西班牙文。

在世界其他城市无处不在的麦当劳、肯德基、可口可乐，在哈瓦那见不到踪迹。大商场外面，有流动商贩兜售小商品，如剃须刀、口红等。行人很多，但很少有人用手机，一些人排队使用路边的公共电话。

我们看到一个幼儿园，工作人员非常友好，主动领我们参观。孩子们睁着大眼睛，好奇地望着我们，照相的时候，高兴得又蹦又跳。孩子们很少有玩具，墙边摆放的是纸糊的电视、电话、汽车，手里玩的也是纸。我们很想赠送礼物给孩子们，但手头什么也没带。怀着有点儿遗憾的心情，我们告别了孩子们。

参观了一所中学，同学们热情又有礼貌，围着我们说这说那，可惜全是西班牙语，一点儿也听不懂。学校不教英语，我们走的时候和同学们说“拜拜”，也没有反应，只是用他们自己的语言和我们挥手再见。

街上汽车不少，有许多是20世纪的老爷车。据说这里没有强制报废汽车制度，我们坐的出租车都是破破烂烂，反正能跑就行了。去汽车店想了解价格行情，结果没看到汽车，倒是有汽车发动机和轮胎。汽油不贵，古巴自己产石油。

也会遇到不愉快的事。

那一天在旧国会参观，看见有人进入一座古色古香的图书馆。我们也想进去，被工作人员拦住，我们就去其他地方参观。返回时，那个工作人员向我们招手，我们立刻高高兴兴进去了，原以为对中国人友好呢，不料她收费2个外汇券比索，没有票据。

去城堡游览时，在入口处买票，不知道多少钱，拿出比索，售票员拿走2个比索；过吊桥时又被拦住，我们出示门票，不行，还要10个比索；上灯塔，又是4个比索。前后花了16个比索，都是外汇券，是否乱收费，我们也不知道。

坐公交车，票价1个比索，我们付一个外汇券比索给司机，他不给找零，也不把钱放进收银箱，而是装进自己口袋，因为一个外汇券比索相当于24个比索。去海滩坐长途巴士收费12个外汇券比索，要车票，说没有。

碰到两个中国女留学生，高兴得像见了亲人一样，站在街上聊了一个多小时。

她们是与古巴学生交换的公派生，有一千多人，主要学西班牙语，五年学制，还有少数学医，没有其他专业。她们住在古巴政府专门修建的校舍，生活条件比当地人好，但经常限水、限电。这里商品短缺，衣服都是从家带来的。校舍远离市区，封闭式管理，不和古巴学生一起学习，与当地人接触也不多。那天是周日，她们才出来逛街。

留学生说，与中国人相比，当地人思想很保守。她们向老师请教过生活条件问题，老师不以为然，说，现在的生活已经很不错了。

据我们观察，古巴也在改革开放，只是开放的程度还不够大，经济还很困难。古巴并不完全孤立，据说有55条国际航线通航。我们去马当萨斯的路上，就看到插着加拿大国旗的项目工地。相信有一天，古巴也会大步迈开改革开放的步伐。

带着外孙去俄罗斯

因为我们的出游，七岁的外孙也天天闹着要出国旅行。和他爸爸妈妈商量后，我们满足了外孙的要求，决定去俄罗斯，让外孙体验一下自助游的乐趣和艰辛，也让他开开眼界，长长见识。

2010年7月17日，在北京机场，外孙雄赳赳气昂昂地头不回地跟我们走了。女儿立刻伤心落泪了，老爸老妈自己就已经疯得没样儿，还把儿子也“拐骗”了。两老一小就这样出门自助游俄罗斯了。

在俄罗斯，我们一共走了18天，除了莫斯科、圣彼得堡等大城市外，还去了几个小城镇。这里主要说说两个小城镇的旅行故事。

1. 弗拉基米尔

今天要去弗拉基米尔，曾经的俄罗斯首府，也是莫斯科金环小镇之一，坐火车三小时的路程。

我们坐二等车，和国内的卧铺差不多，一等车两人包间，二等车四人包间。备有卧具，提供午饭。奇怪的是开车才有空调，停车就没有空调了。空调还特别足，我们把自己用毯子包裹起来，否则就太冷了。

外孙在国内没有坐过卧铺，现在最高兴的是可以到上铺去躺，其实他不困，就是喜欢那上铺的感觉，然后就不停地上去下来地折腾，还要贫嘴，幸亏只有我们三人在一个包厢。我们的开心果！

沿路看到大片的树林和草地，湖泊河流很少，农田也不多，大片的荒原，植被特别的好。因为是夏季，荒原上大片大片的野花在怒放，什么颜色的都有，简直是诱惑你跳下去。

下午3点，我们到了弗拉基米尔。事先没有订到旅馆，因为网上没有一个网站可以订金环的旅馆，我们只能现找。

如果只有我们两人还是没有问题的，带一个孩子就麻烦了。为此我专门把睡袋背上，防备一旦没有旅馆，住火车站也可以让他躺下睡。

出站、问路、找路，仅仅几分钟，我的衣服就湿了。天气太炎热了，我们的大包如同一个火炉在背上，外孙的衣服也湿了，用大汗淋漓来形容我们一点也不为过。更坏的消息等着我们：没有房间！

我立刻崩溃了，怎么办？我让老公问酒店前台服务小姐哪里还有酒店，前台的服务小姐服务态度还是很好的，在地图上画出一个地方，告诉我们到那家酒店有五公里距离。

我马上请她帮助我们打电话询问有没有房间，如果没有我们就不过去了。

那边说只有单人间了。现在没有别的办法，只能去那里了。

公交车来了，老公把地图递过去，售票员摇头表示她听不懂英语，车上一个俄罗斯大嫂听明白了老公的英语，说OK！

就这样，乘了五站。周围人的目光简直像看外星人，两个东方老人背着那么大的包，汗流浃背的，还带一个那么小的孩子，而且都不会说俄语，到这样的地方旅游。

圣瓦西里大教堂·俄罗斯

那位大嫂喜欢外孙，把他抱在怀里，挤在一起，又是亲又是吻的。俄罗斯人非常喜欢男孩子，外孙经常可以享受这样的待遇。

我们顺利到酒店了，谢谢那位大嫂了，没有她我们不知道还要在汽车站等到什么时候。我们拿到的地图是英文的，售票员不认识那上面的字。

酒店办手续的前台大妈和我们比画半天，然后看我们还不明白，用英语也讲不清楚，就在一张纸上写了这样的字：1500=1，1500=1，3000=1，这样的算术题目不知道哪位能够解答。我立刻明白了，伸出两根手指，先分开，然后并在一起。那位大妈伸出大拇指：OK！老公说：还是你聪明。其实她就是告诉我们：今天是两间房，1500一间，明天是一间房，还是3000元。

终于办好手续。时间已经是晚上8点了，但是看到外面明晃晃的太阳，实在不知道应该干什么，我们就出去走走。

这个酒店在弗拉基米尔市的城边，虽然这里曾经是俄罗斯的首府，但是随着莫斯科的发展，它的发展就停滞了，因此城市不大。

没有走多远，就看到一座红砖的小教堂，相当的别致。莫斯科红场的红砖建筑已经让我们印象深刻了，在这里，一个小地方，还是城市的边缘，有那么漂亮别致的红砖建筑，真让人惊讶。可以看出弗市的确是有悠久历史的地方。

没有大房间，只能要两个单人间，但是考虑到在一起方便一些，我们还是住在一个房间里，只有一张床。大家知道吗：俄罗斯酒店的床出奇的窄，我们就只能两个人睡地下。

都晚上9:30了，天空还是明晃晃的，我们却必须睡觉了。因为俄罗斯的地理位置，夏季会很晚天才黑，莫斯科的酒店窗帘都是厚厚的，每天睡觉的时候拉上就可以了，这里的酒店档次比较低，窗帘也就薄许多，根本挡不住外面的明亮，全在我们自己的睡意了。

第一天在没有空调的房间睡觉。气温在35℃~36℃左右，不动也是一身大汗。

外孙真的特别棒，在这样的天气情况下和我们一起折腾，跑过来跑过去的，还要背一个小书包，后背的衣服也是湿漉漉的，依然高高兴兴地和我们在一起玩。从来没有累了、渴了、饿了地闹，还满脑子地想问题，都是让我无可奈何，回答不出来的问题。

第二天去吃早餐，没有莫斯科酒店的早餐丰盛。外孙开始念叨：我好想念莫斯科的早餐呀！我告诉他，这里有早餐已经不错了，不知道以后的酒店是什么样子，没有房子住，也没有早餐了。他痛苦地问我：那住哪里？火车站！我背着睡袋呢！他瞪着眼。

我们去看洋葱头，就是东正教的教堂，最典型的是顶子仿佛洋葱头，我们一路走过来就是看教堂。这样的教堂在欧洲是没有的，俄罗斯的教堂顶子有各种颜色，和他们使用的材料有关系。

在俄罗斯就是看洋葱头，外孙说你们为什么总是看这些。我说，那是古迹，几百年时间，人们的房子没有了，但是教堂不会没有，因为在这里有他们的精神寄托。外孙又问：什么叫精神寄托？我告诉他：就是你生活、学习当中支持你一定能够达到目标的东西。比如你想考100分，你努力，那个努力就是你目前的精神，你知道那样就可以达到100分，就是你的精神寄托。

外孙说：我不相信这些东西。我告诉他，中国人都不相信这个东西，但它是俄罗斯人的，他们的妈妈把他们带到这个世界上，他们和自己的妈妈一起学习相信这个东西。如同你的妈妈把你带到中国的土地上，让你每天学习孔子，学习中国人的礼仪一样，谁也没有错。

这次的交流让外孙明白了一些东西，再不说那些教堂没有意思的话了。而是开始问我：真的有上帝吗？耶稣是可以死了又活了吗？

我们沿着城市主街，寻找天空下的金顶，第一个看到的是金门，距离我们住的地方两站地。这里曾经是为抵御蒙古人而修建的城墙的门，当年有四个门，现在只剩下一个了，旁边还有一段城墙，也仅仅是一堆土了。

一路上可以看到许多红砖的房子，还有许多漂亮的学生出来玩，他们没有欧洲的孩子放得开，偷偷地观察我们，不敢和我们说话。

圣母升天大教堂，附带一个大大的花园，有一个骑在马背上的勇士。这里曾经遭遇蒙古人的入侵，就是这个勇士带领大家抵御入侵者。教堂面对的是一条大河，有无数的良田和星星点点的教堂，还有俄罗斯的白色民居掩映在绿树丛中，一派田园牧歌的景象。

大教堂一共有五个金顶，四个小的托起一个大的，白色的外墙，美轮美奂，雍容华贵地在蓝天下，就是一个贵夫人啊！它的旁边还有一个小小的有浮雕的教堂，这是俄罗斯比较独特的教堂。

我们在一家超市买了许多吃的，还有大米，晚上煮粥，让外孙幸福一回。在外面旅游就是这样，要想吃到可口的饭菜也是奢望。

回到酒店，前台服务生给我们两张落地签。在这里讲讲俄罗斯的签证，在北京签的时候一定要有邀请函，我们的是旅行社给办的。入海关的时候不一定要。

到酒店入住后，酒店在三日内应该给你一张落地签，每人一张。我们在莫斯科就有，到这里还应该有，结果他们只给我们两个大人的，因为孩子不要房，就不给，但是一旦遇到警察查护照就是麻烦，落地签是一天接一天的，没有住三天，是以车票来证明的。

我们回到房间商量了一下，老公要研究明天的路线，我和外孙两人去前台和他们交涉，我拿一本中俄文对照的应急手册。

前台的工作人员换人了，我拿出外孙的护照和在莫斯科的落地签，让他看。他告诉我：电脑里没有记录就不能办，因为入住手续只办了两个大人的，然后他说了许多。我听不明白，大概意思是小孩没有也没事，我依然坚持要，心想你们的警察我可惹不起，他提出要500卢布就可以办。OK！回去商量。

然后，我又打开应急手册让他看，明天的早餐，好！立刻开出餐券。还有我把昨天那道算术公式写给今天的工作人员看，又接着写：502+518=1。他明白我的意思了，让小姑娘带我去看房，在11层，豪华的房间。我很满意，只是不知道是否加钱，又返回前台，继续和他打哑语，结果明白了，不用加钱了。OK！我拿上11层的房间钥匙，高高兴兴地回去了。

和老公交代了工作，搬家到11层的新家，又带外孙下去还旧钥匙，交了500卢布，坚持让他们给外孙办落地签。那位工作人员无可奈何地耸耸肩，又摇摇头，把外孙的信息存进电脑，打了收据。

外孙第一次看到不会外语的姥姥和人打交道，回来和姥爷说：哑巴对哑巴，那个人快疯了，让我姥姥闹的。哈哈，姥姥的本事就只有这一点点。

第三天，早上醒来，外孙说：住好房间就是好，夜里小风习习的，好舒服。我告诉他：姥姥给你扇扇子。没有空调，在35℃～36℃的气温下生活就是艰苦，夜里醒来无数次，就给外孙扇一下。

说明一下，因为地理位置，俄罗斯冬天时间长，夏季也不是特别热，因此有空调的旅馆很少，而且旅馆的窗户不是能够全部打开的，偏偏今年遇到138年来最炎热的夏天。

这对于七岁的外孙也是一个考验。有时在骄阳下行走，没有遮阳工具，只有一顶帽子。为了预防中暑，每天要喝大量的水，吃五粒人丹，还有十滴水，以至于外孙说：“我的肚子变成多味瓶装伏尔加河水了。”

2. 苏兹达尔

第四天要去苏兹达尔，攻略书里说苏兹达尔是一个农村小镇，走几步就可以看到农家的小路，保留了俄罗斯的原貌，是一个非常值得一去的金环小镇。

在火车站对面的公交汽车站坐车，等车时有两个老太太和我们说话，我们告诉他们自己是哪里来的，今天去哪里。

当他们知道我们是中国北京的，立刻唱道：莫斯科北京。老公知道20世纪50年代有这样一首歌，歌名就是《莫斯科—北京》，老公和她们就一起唱起来，仿佛遇到多年不见的朋友一样激动，非常的投入，我们一起回想起当年的中苏友谊。那时候这里是老大哥的家乡呢！我们要上车了，挥挥手，再见！这样的场面以后是很难见的了。

一个小插曲：外孙掉眼泪了。我以为他想妈妈了，不是！那为什么呢？因为我们没有公平地对待他，没有把他当大人看待。他要求给那两个老太太照相，被我们阻拦了，理由是他没有征得人家的同意，当时也没有给他机会让他去征得同意。

“知道了”，我表示，“以后不会发生这样的事情，一切由自己安排，好吗？”唉，才7岁就和我要求平等了。我17岁的时候、27岁的时候，我的妈妈都没有给过我平等，我连大气也不敢出。这就是现在的孩子。

一小时后，我们到了。哇！这里是什么地方？高高的围墙是赭红色的，墙面是粗粗的沙砾面抹平的，梯形的支柱支撑着墙体，敦敦实实的建筑让你感觉古老久远。这就是斯巴索—叶芙菲米修道院。

时间早，没有开门。我们到修道院的后面，眼前是一条弯弯曲曲的小河，河面满是浮萍，大片的草地上开着野花，星星点点。尖塔、金顶、白墙、木屋、小桥散落在原野上，那叫一个美，就是一幅油画展现在眼前。所有的人都举起相机，一片快门的响声。

外孙也特别兴奋，高兴得叫起来，跑过来跑过去地照相，然后，顺小路走到河边，过桥到河对面的村庄里去寻找更加美丽的景色。

一路走一路照，一老一小两个人忙前忙后的，只有我一个人无所事事地看风景，实在看不过去了，就低声下气地央求外孙把相机借姥姥，让姥姥拍一张，或者告诉外孙，这里应该来一张，那里应该来一张。好的是外孙不讨厌我，听我的指挥，如果是老公，早就要发话了。

一个特别大的院子，有许多的建筑，除了教堂是砖石结构的，其他都是木头的，有石头铺的甬道，还有许多的花圃和果树，鲜花怒放，果树挂满果子，就是没有人，安静得让人发毛，我们就退出来了。

回到修道院，这里的金顶只有一个，其他的洋葱头是绿色的，在蓝天下，四个墨绿色的洋葱头烘托起一个金闪闪的洋葱头，非常漂亮。修道院规模很大，参观的人不是很多，建筑很有特色，没有欧洲修道院的那种晦暗的感觉，最美的是有一个大大的花园，怒放着鲜花。

我们在这里吃了一顿俄罗斯民间美食。中午饭吃什么呢？找了一家馆子，从外面看，没有什么特别的，进去就不一样了，别致、温馨、独特、美丽，由很多的俄罗斯民间元素装饰起来的小饭馆。

我们不会点菜，看饭馆里的其他人点什么，我们就要什么，有一种罐菜，就是我们的靓汤，很好吃，这里的面包香喷喷的。

集市 · 俄罗斯

吃完饭没有马上走，而是在饭馆里拍照，这里的装饰都是木头手工艺制品和布艺制品，惟妙惟肖的布艺让人喜欢。它们苏兹达尔的小精灵。后来在一个手工艺品市场也看到布艺了，当地人非常擅长制作这样的工艺品。

去看克里姆林宫（俄语中城堡都叫克里姆林宫）的路上经过一个市场，这是第二次看到俄罗斯当地人的自由市场，这个规模稍大一些，但是和国内的是不能比，不仅仅是规模，商品的种类和数量也没法比。

卖蔬菜的只有土豆、黄瓜、西红柿、蒜，最让人不明白的是一共就那么一点东西还拿来卖，如果想买多一点是没有的。

没有看到城堡，倒是看到一对新人在这里拍婚纱照，老公又忙起来了，为人家照相。外孙也和姥爷学习，有模有样地给新人照相。

这里的克里姆林宫和莫斯科的不能比，已经没有城墙，只有矮矮的土堆，也没有豪华的宫殿，原来的花园成为一片原野，和农家连成一片了。这就是苏兹达尔，一个充满浓郁民族风情的俄罗斯小镇。

欧洲乡村徒步

1.在法国乡村居民家里做客

在法国阿尔卑斯山地区的圣热尔瓦，我们到小镇附近的乡村小路上散步。周围是绿草如茵的牧场，散落着悠闲吃草的奶牛；红顶白墙的村舍，掩映在墨绿色树林中。我们一边欣赏美景，一边忙着照相，相机快门按个不停。

来到一座别墅式的小房子前，发现有人正在房前收拾花园。我们走上前问：能不能照张相？男主人抬起头来，面无表情地打量我们一眼，然后摆摆手说：不，不行！

以前听说过，在西方，私人领地是不能随便停留的。但这里的风景实在太美，舍不得离开。老公就使劲夸赞，搜肠刮肚，把知道的所有形容美丽、漂亮的词儿，一股脑儿倒出来。我在一旁配合，用夸张的手势说：这里太美了，像盛开的花朵一样，我们都陶醉了。

我们连说带比画，手舞足蹈，逗得法国人一下高兴起来，咧开嘴哈哈大笑。突然问：你们想看看我的房子吗？

这句话老公可听懂了，连忙说：太好了！太好了！高高兴兴跟着男主人穿过小院子，走进这栋全木制的二层楼小别墅。

到普通人家里做客，看看欧洲老百姓的日常生活是什么样子，一直是我们最感兴趣的事情。在西班牙和葡萄牙，已经有过两次参观民居的经历。这次是在乡下，感觉别有一番情调。

进了门，女主人正熨衣服。见丈夫突然领来两个外国人，显得有点儿慌乱，用法语埋怨丈夫几句。我们猜想，她说的可能是“家里还没收拾，你带客人来多不礼貌”之类的话。

接着，女主人冲我们一笑，问想喝点儿什么，边说边打开冰箱。我们随手指了一种饮料。

男主人忙着领我们参观他的家，一边走一边介绍。我们一边看一边听，不管听懂听不懂，只管点头。

男主人的英语也不怎么样，常常夹杂着法语。知道我们听不懂，还是自言自语，说个不停。

小楼占地面积不大，一楼是客厅兼餐厅，附带厨房、卫生间，估计有60多平方米。二楼是卧室，主人夫妇的主卧占了一半面积；还有两个小房间，分别是儿子和女儿的。

原来，这里只是主人的乡间别墅，平常居住在另一座城市。每逢节假日，就来别墅休息。收拾房间，打理花园。整座别墅从里到外，都是主人亲自动手、自己修建的。看得出来，他们对自己的劳动成果感到非常自豪，每介绍一件东西，都是眉飞色舞的，充满得意之情。

楼梯的一面墙壁上，挂着几个相框，是这一家人滑雪、登山的照片。卧室墙上挂着雪橇、雪杖以及其他户外运动器具。主人说，他们经常在阿尔卑斯山进行滑雪、登山及各种体育运动。

看完屋子，主人又领我们到院子里参观，介绍各种花卉树木，还到工具房拿起工具展示手艺。

两个孩子，男孩十四五岁，女孩六七岁。见了外国客人，表现很不一样。男孩跟在我们后面转，我就教他说中文“你好”“谢谢”。学了两个词，就急忙跑去跟妈妈说。女孩很腼腆，远远站着，抿着嘴巴好奇地望着我们。

临别，女主人送我们一些小礼品：在阿尔卑斯山采集的两块水晶石。特意关照：大一点儿的是给我的，小一点儿的是给老公的。女孩也拿出自己采集并染成彩色的小石块儿，羞怯怯地递给我们。

我们没带小礼品，就在一张纸上用中文写了“我们爱阿尔卑斯山！我们爱你们！”送给他们。可能是第一次看见手写中文，一家人围着那张纸，显得好奇而又欣喜。

我们在这座乡间小别墅待了一个多小时，用语言交流不过十分之一。看来，人类之间的心灵沟通，很多是不用语言的。

2. 巴伐利亚原味风情

贝希特斯加登位于德国与奥地利交界的阿尔卑斯山区。书上说，当年希特勒和他的高参们在这里修建了别墅“鹰巢”，策划了许多战争阴谋。如今，这里成了德国人最引以自豪的国家公园。

我们原来的行程计划，并不包括贝希特斯加登。因为欧洲杯足球赛，主办国奥地利和瑞士游客大增，酒店爆满，价格成倍上涨。原打算在奥地利萨尔茨堡住三天，去了以后才发现，没有提前预订酒店，根本就别想找到投宿的地方。

不得已，只好在萨尔茨堡周边地区想办法。

这时是6月初，我们已经走了大半个欧洲，对火车旅行已经相当熟悉。凡是通火车的地方，三四个小时车程范围内，都是我们的“一日旅游圈”，即一天之内就可以往返的旅游目的地。

我们先到了德国慕尼黑，发现这里酒店也很贵，性价比太低。看情况，恐怕周边大城市都是这个样子，干脆往小地方走吧。在慕尼黑住了一晚，第二天上午，匆匆游览一下市区，就登上了开往贝希特斯加登的火车。

上午11点从慕尼黑出发，下午2点到贝希特斯加登，中间倒了一次车。下车后第一件事就是找旅馆。在德国，如果自己找不到合适酒店，最好是到旅游服务中心寻求帮助。

在旅游中心，一位态度和蔼的女士接待了我们。她问：想住酒店还是旅馆？我们说：住家庭旅馆，最好价格便宜一点儿，风景好一点儿，交通方便一点儿。心中暗笑：条件是否苛刻了一点儿？

我们递上护照，告诉工作人员我们计划在这里住两天，以及期望的价格范围。

女士没有发笑。她打开电脑，一边查资料一边拿起电话联系，很快找到一家，先询问我们价格是否合适？我们说可以。然后她打出一张预约单，上面标明了旅馆的名称、地点、电话，以及我们的姓名、国籍、入住时间、房价等信息。

女士又拿出一张地图，用笔先标出我们目前所在位置，再标出旅馆所在位置，然后详细告诉我们怎样走。最后不忘说一句，祝你们玩儿得愉快，就去接待下一个游客了。

所有服务全部免费。我们不住地夸赞这里的服务周到，又拿了一些感兴趣的旅游资料，高高兴兴出了门。

外边下起了雨。我们按照女士指的方向和地图标示的路线，冒雨前往。这个季节，欧洲雨水较多。我们随身携带雨具，不在乎雨中走路，反而觉得别有情趣。

走了七八分钟，拐进一条上山的路，又向上走了大约200米，就到了所找的旅馆。

这是一座全木结构的房子，坐落在半山坡。背后是牧场、森林和高山；前面是两条峡谷，分别流出一条清水河、一条浊水河，交汇在一起，冲出一块平地。小火车站、旅游服务中心，还有一条小街，就在这块平地上。小镇市中心则在对面半山上，掩映在浓密的树林中，只露出一些屋顶和教堂尖顶。

家庭旅馆的外观和内部装修，与周围普通民舍完全一样，共有两层。一层是主人活动的地方，有客厅、厨房、餐厅；二层是客房，共有四套。住在这里，可以充分体验当地居民的日常生活。

我们住的那套房间，一室一厅一卫带阳台，约70平方米。站在阳台上，透过雨帘，望着群山环绕的小镇、滚滚流动的小河、绿树掩映的房舍和安静的小街，恍如世外桃源。我对老婆说，这比我们住过的三星级酒店好多了，真后悔怎么才登记了两天。

后来我们又换了一个家庭旅馆，在山里共住了四天。说是住在山里，但交通很方便，到萨尔茨堡不足一小时车程，到慕尼黑、因斯布鲁克，也很方便。

与沙莫尼不同，贝希特斯加登海拔较低，山势相对平缓，大大小小的山峰之间，散布着丘陵、盆地、湖泊、牧场、村庄，处处青山绿水，是个非常适合休闲度假和徒步旅行的地方。

在贝希特斯加登的四天， 我们花一天时间去萨尔茨堡，剩下的三天，除了睡觉吃饭外，大部分是在山路上度过的，完成了两次徒步穿越。

第一次穿越，以碧玉湖为起点，穿过魔幻森林，到达拉姆绍镇，然后沿浊水河一路下行，返回到贝希特斯加登。

我们先乘坐巴士到了碧玉湖。这里的风光，有点儿九寨沟的味道，湖面像镜子一样，群山雪峰倒映湖中，野鸭和不知名的禽鸟在水面嬉戏。一些游人或在湖边散步，或在湖里荡舟，或在酒吧赏景，气氛宁静而安详。

我们绕湖走了一圈、照了几张相片后，开始研究徒步路线。

对于这一天的穿越，我们已有充分思想准备和物质准备。但具体走哪一条路线，心里却没谱儿。

本想去国王湖或鹰巢，但到汽车站时，这两个方向的车刚刚开走，下一班还要等很长时间。后来听一个在新加坡工作的女孩儿说，她要去碧玉湖和魔幻森林，那里风景非常漂亮。碧玉湖，多好听的名字；魔幻森林，也够刺激的。于是，我们就上了开往碧玉湖的车。

车票每人4欧元，按常识估算，路程会较远，实际20分钟就到了。按车速估算，碧玉湖距离贝希特斯加登镇，走公路约30公里。

我们拿着地图，找大巴司机问路。司机没有徒步走过，只能按公路指个大概方向。山区公路弯道多，风景也不会太好，我们当然不会走公路的。

在人生地不熟的异国他乡，没有向导，语言不通，之所以敢在深山老林里徒步穿越，是基于对这里道路设施的信赖，还有对旅游地图的信赖。况且我们还带着指南针和GPS。

在欧洲自助游，感受很深的一点，是这里的旅游设施和旅游服务非常完善。景区设有专用的自行车道和徒步道，沿途所有路口设置路标，隔一段还有咖啡店、酒吧。

不仅是景区，欧洲的许多国家，不但在城市街道铺设了专用自行车道和徒步道，而且在城市与城市之间，与铁路或公路并行、相隔二三百米远也修建了自行车道和徒步道。乘火车旅行，经常可以看见骑自行车和徒步的旅行者。

再一点，贝希特斯加登的旅游地图，就像军事地图一样详细，除标明各个旅游景点、各种活动项目外，还用彩线清晰画出了徒步路线、自行车路线。

我们认真研究了地图。从碧玉湖到贝希特斯加登，直线距离有18个格，每格1公里，即18公里。有一条用红色标明、沿浊水河下行的徒步道，大体是一条直线，估计距离在25公里左右。

再计算一下时间，当时是上午11点。按我们走山路的经验，沿河道顺流走，通常是平缓的下坡路，行进速度应该在每小时五公里以上。顺利的话，下午4点钟就可以回去。考虑到不可预见因素，留出两小时余地，最迟下午6点就到家了。

经过一番策划，心里有了底，我们满怀信心上路了。

从碧玉湖出发，先要沿着一条小溪，穿过魔幻森林，到达拉姆绍镇。魔幻森林，听起来有点儿吓人。其实，就是一大片以松树为主的茂密山林，林中道路修得很好，细沙铺路，有专人维护。路上不时看到其他徒步游客，大家打招呼相互问好。这一段路，走得轻松愉快。一个多小时，就到了拉姆绍镇。

拉姆绍镇只有十几户人家，一座漂亮的小教堂是这里的标志性建筑。一条小河从镇中穿过，河水呈乳白色，可能是流经石灰岩区的缘故吧，我们把它叫做浊水河。这条河应该就是我们在贝希特斯加登见到的同一条浊水河。

离开拉姆绍镇，我们沿浊水河边的徒步道继续前进。河面有十几米宽，两岸郁郁葱葱，风景迷人。经过的小村庄，村舍宛如精致的花园。但一路上再也没见到其他旅行者，因为在拉姆绍镇有汽车站，估计人们从那里乘车走了。

我们两个人穿行在青山绿水之间，山花烂漫、满目春色，真像游走在人间仙境。虽然看不到什么人，却没有一点儿害怕的感觉，乡下治安比大城市旅游景点要好得多。

唯一困难的是，路标全部是德文，我们一个字也不认识，就拿着地图，一个字母一个字母地对。来到一个路口，发现徒步道被公路截断了。地图上显示，有两公里左右没有徒步道，必须走公路。没想到，这是最危险的一段路。

我们沿公路进入一个狭窄的山谷。这里只有十几米宽，两面是高不可测的峭壁，中间是公路，右侧是水流湍急的河道。公路上不断有汽车飞驰而过，还有三五个人一组的自行车运动员高速骑行，擦身而过，离我们不过半米远。

我们紧贴着右侧公路与河道间的栏杆，快步急行。路上除了我们，没有一个步行者。一对中年夫妇开车停下来，问我们是否需要搭车。我们很感动，但还是谢绝了他们的好意，继续前行。

走了差不多20分钟，终于走出这段峡谷，找到了一条穿过牧场的徒步路线，心情又放松下来。此后一路鸟语花香，自由自在穿行于乡间小路、牧场村落之间，真的应了一句时髦的话：放飞心情。老婆本来还有点儿想家，现在却玩儿得乐不思蜀。

回到旅馆，已是5点。加上吃饭休息的时间，我们一共用了6小时，完成了这次穿越。

3. 国王湖和鹰娜山

贝希特斯加登附近的国王湖和鹰娜山，是德国人熟悉的旅游胜地，也是徒步爱好者青睐的地方。

先乘巴士到国王湖，这里是贝希特斯加登最著名的景点。游人很多，有许多人排队买票，等候坐船在湖上游览。我们没有排队的耐心，就从国王湖左侧上山，从高处欣赏她的美丽。

国王湖长8公里，湖水最深1250米。四周群山环绕，净是悬崖峭壁。从山上看，国王湖依偎在雄伟壮观的峡谷深处，湖水幽蓝，湖面如镜。一艘游艇在湖中游弋，拉出长长的两条尾波，宛如美女长发一般。

置身于如此美景，我不禁诗兴大发，随口诌道：山如身披铠甲的武士，威武挺拔；水似碧纱装点的美女，温柔娴静。老婆说：别拽了，小心踩空，掉湖里去喂鱼。我说：那好啊，正好投到美女怀里的温柔乡去也。

一边说笑，一边沿山路继续向上，不期然走到缆车站。为了尽快看到国王湖全貌，我们花48欧元乘缆车上了鹰娜山，再徒步登上峰顶。

鹰娜山高1874米。站在峰顶，极目远望，连绵不绝的群山、雪峰，与天上翻滚的乌云卷在一起，显得苍凉而壮阔。这几天时有阵雨，天空一直没有放晴，但丝毫没有影响我们的游兴。

俯瞰山下，国王湖变成一条深蓝色缎带，缠在巍峨大山的腰间。山上的徒步道和自行车道清晰可见，向各个方向伸展。真没想到，山上的路有这么多，维护得这么好，真是徒步运动和自行车运动爱好者的天堂啊！

我们沿着一条徒步道，向最高的山头前进。一路上，碰到许多徒步爱好者。大家见了面都互相打招呼问好。我们已经学会用多国语言问好，除“Hello”外，人家说“Bonjour”（法语“你好”），我们也说“Bonjour”；人家说“Yasas”（希腊语“你好”），我们也说“Yasas”。可惜没有碰到中国人，也没有碰到其他东方人。

走到一个山花烂漫、风景优美的山口，遇到二男二女，推着山地自行车，气喘吁吁地从山坡下爬上来。一个男的看上去年龄比我还大，其他三人年轻一些，但至少也有50岁。他们背后开阔的山坡，一条小路伸向远方，望不到尽头。

我问他们从哪里来，回答说萨尔茨堡。哇，你们真棒，我们夸赞说。他们却没有显出特别自豪。在欧洲人看来，60多岁的年龄，爬爬山、骑骑车，是很平常的事，没什么大惊小怪的。阿尔卑斯山真正刺激惊险的运动，是高山速降滑雪、冰雪登山、徒手攀岩。那才是冒险家的至爱。可惜，对于这些，我们只有心向往之了。

我们在鹰娜山上走了四个多小时，翻过两个山头，见天色不早，就乘缆车下了山。然后从国王湖开始，顺着清水河朝贝希特斯加登方向走。路牌上标明，这段路程是4.5公里，不到一小时就到了。加上爬山的路，这一天走了20多公里。

澳大利亚北领地的星空

我们采取租车自驾的方式，在澳大利亚绕了一圈。行程路线是：悉尼—墨尔本—阿德莱德—奥古斯塔—库伯佩迪—玛拉—爱丽思泉—腾南特克里克—凯瑟琳—达尔文—卡卡杜国家公园—博罗卢拉—山伊萨—凯恩斯—汤斯韦尔—格莱斯顿—布里斯班—纽卡斯尔——悉尼。走了35天，行程15000公里。

总的印象是，澳大利亚的城市面貌，与欧美新教国家类似。老公说，总有一种像在加拿大旅行一样的感觉。但在红土中心——北领地，则完全不一样。

澳大利亚北领地，被美国《国家地理》杂志列为地球上50个一生必去的旅行地，与南极、亚马孙雨林、非洲的撒哈拉沙漠、坦桑尼亚的塞伦盖蒂平原、加拿大的洛基山脉一起，被称为地球上“最后的处女地”。我们已经去过南极、亚马孙、落基山，当然想去这个位于澳洲的最后的处女地，对非洲的那几个也是非常期待的。

所以，我们在澳大利亚旅行，最感兴趣的不是城市，不是大洋路，也不是大堡礁，而是北领地。

从阿德莱德出发，一路向北，开出数百公里后，就看不到浓绿的牧场田园了。取而代之的是一望无际的低矮灌木丛、荒草，还有裸露片片红土沙石的沙漠。荒凉的地貌反而让我们兴奋起来，因为路边标示牌上有袋鼠和其他野生动物了。老公负责开车，而我负责搜寻草丛里的袋鼠。

路上车很少，限速130公里/小时，老公把车开得飞快。墨尔本的朋友说，在北领地开车，前面是望不到尽头的笔直平坦的大道，枯燥无味的旅途是很容易犯困的。于是我增加了一项任务，控制老公的车速和讲故事，讲故事的目的就是不让老公神经疲劳。

老公却不领情，他就喜欢这种在无边旷野无拘无束风驰电掣开飞车的感觉。为此，一路上我们少不了吵个小架、拌个小嘴什么的。

终于有一天，在一望无际的荒原上，远远看到一块巨大的红色岩石，那就是我们来北领地的第一个目的地。

神奇的乌鲁鲁巨石，以前叫艾尔斯岩，位于澳大利亚中北部爱丽思泉西南方向340公里处的乌鲁鲁·卡塔丘塔国家公园内。巨石高348米，长3000米，基围周长8.5公里，是世界上

最大的整体岩石，因此被称为“地球的肚脐”，是“新世界七大自然奇景”之一。

考古资料显示，原住民阿南格人在该地区至少生活了22000多年。后来欧洲人来了，探险家William Gosse于1873年发现了它，并以Henry Ayers爵士的名字命名，即艾尔斯岩。1985年，澳大利亚政府把乌鲁鲁的所有权归还给阿南格人，恢复了原来的名字，阿南格人又把这块土地反租给政府经营管理。

我们在乌鲁鲁住了三天，因为那张25澳元/人的门票三天内有效，还因为遇上北领地罕见的连阴雨天气。我们渴望看到大石头在阳光下不断变换色彩的奇景，却因一直小雨绵绵，未能如愿。

那一天，我们早早开车进公园，天还没有完全亮，雾

风之谷·澳大利亚北领地

蒙蒙的，突然看到一头黑黝黝的、仿佛巨大无比的怪兽横卧在前方。车速很快，而那个东西一动不动卧着，走出去几分钟，还没有跑出它笼罩的范围。我心里升起一丝恐惧，一种压迫感，与神秘感交织在一起。理智上，知道是那块大石头，但感觉就是一头巨兽，随时跳起来的感觉。

走近了，看到了，浓雾笼罩下的大石头呈绛紫色，有无数的沟壑和洞穴，在光滑的表面形成非常奇特的图案。这些图案意味着什么呢？是否阿南格人可以解释出来？雨水顺着固定的沟壑流下来，在大石头底部形成一个又一个水潭，平添了一些柔情。

没有看到日出，我们就绕大石头徒步走一圈。五小时的路程，仔仔细细观察它，近距离感受它。巨石底部有一些天然岩洞，里面保留着清晰可见的古老岩画。我们仔细看那些神秘的岩画，想从中了解一些古老原住民的历史，尽可能多一点儿地了解这块大石头，神秘的大石头。

巨石已有五亿年历史，有许多神奇的传说。有一种说法广为人知：攀爬岩石并带走这里石子的游客，回家后会遭到神灵诅咒，必遇倒霉的事情，不是自己发生交通意外，就是家人死亡。于是，那些游客又把带走的石子重新送回或寄回到乌鲁鲁，称之为“道歉的石头”。政府为了尊重原住民文化和保护这神奇的景观，也立法禁止游客带走这里的石子。

乌鲁鲁国家公园里的另一处著名景观是卡塔丘塔，原住民语言中是“多头”“很多脑袋”的意思。与乌鲁鲁巨石不同，卡塔丘塔是由许多稍小的圆形石头组成。“小”只是相对于乌鲁鲁而言，其实也是一个个巨大的山体，彼此独立又相互连接的巨石阵，它在阿南格族人心目中具有极为神圣的意义。

卡塔丘塔占地面积很大，没有汽车是过不去的。从远处看，就像一个个圆圆的大脑袋排列开来；到跟前，可以看到石头与石头之间都有巨大缝隙，也就是峡谷了。其中最著名的是风之谷，也是徒步爱好者青睐的地方。

听说在风之谷徒步穿越十分艰苦，我们就想体验一下。

按照路牌的指引，用四小时完成了风之谷徒步穿越，感觉难度并不大。或许是冬季的缘故，气温不高。如果是夏季来，据说气温高达三十七八摄氏度，太阳当头暴晒，那就十分辛苦了。

我们站在峡谷的垭口处看四周，左右两边的峭壁直上直下，最窄处不过十几米距离，上下高差却有200米左右，置身其中，一种巨大的压迫感扑面而来。再往前看，一条山路狭窄而绵长，被远处的山像屏风一样挡住，不知还有多远。我们站在狭窄的垭口，仰面向上迎着细细雨丝，风夹着雨水凉凉的，清新而惬意。啊！风之谷，到这里，才体会到这个名称的真正含义。

连日的小雨，使这个干旱的沙漠里焕发生机，植物开花了，成片成片的，都是以前没见过、叫不上名字的花。荒野里长出淡绿的嫩草，背阴处灌木和高大乔木郁郁葱葱。老公说："LP上讲这里是沙漠，哪里有沙漠的影子呢？"殊不知，我们是赶上好时候了。路上碰到一个旅行团的导游说，由于常年雨水稀少，来这里的游客，90%看不到大石头上面有流水。能看到雨水像小瀑布一样在巨石凹处流淌，那才是幸运儿。

但是，在乌鲁鲁三天，始终是阴雨天，没看到阳光照射巨石的奇幻色彩，还是备感遗憾。不过，在另一处著名景点魔鬼石，补上了这一课。

在墨尔本时，听朋友说起过魔鬼石，但并未刻意安排行程去看，只是在开车路上偶然碰到的，因为它就在公路旁不远处。

方圆两公里范围内，突兀散落了许多大型圆石，滚圆滚圆的，大的直径有二三十米，小的直径两三米。有的几个叠摞堆成小山，有的孤零零。十分诡秘而怪异。当地土著人说这些圆石是"天上彩虹蛇的卵"，仔细想想，还真是形象。

我们到达魔鬼石时，是下午5点多。一开始看到阳光下的石头是粉红色，日落时变成赤红，随着阳光的暗淡变成紫红，再慢慢变黑。第二天早晨日出时，又是另一番变幻无穷的奇妙景象。

魔鬼石距离最近的城市也有几百公里远，但这里有个露营地，我们决定在这里过夜。营地里还有其他一些车，有面包车，有越野车，更多的是豪华房车。这些房车里生活设施完备，就是一个移动的家。

开房车旅行，在澳大利亚非常流行。政府沿公路修建了不同档次的露营地，有的收费，有的免费。收费的通常铺设水、电、气管线，与房车上的接口接通，什么都有了。免费的就简单了，有的就是一块平地，设两个垃圾筒而已。但在野外露营，必须住露营地，否则是违法的。

魔鬼石的露营地不收费，条件简陋。开房车的睡房车里，开越野车的搭帐篷。我们租的是轿车，因事先不了解澳大利亚露营地的情况，没有租帐篷和睡袋，就只好睡在轿车里。在澳大利亚自驾35天，其中有12个夜晚是睡在轿车里的。

天色渐渐暗下来，我们还没有睡意，又不敢在外面走动，因为蚊子太多。坐在车里，看着荒野中影影绰绰的影子，突然一只野狗出现了，在草丛里穿行，慢慢靠近我们的营地，走过我们的车，往另一辆车走去，它也许希望在这里找到食物。

野狗走后，老公还不想睡，继续坐着。他指指远处说：那里着火了。我看过去，非常亮的一团火光，然后，越来越亮，才发现不是着火了，而是月亮升起来，像一轮巨大的金色盘子在地平线上滚动。以前从没有看到过这样的月亮。回想一下，虽然走过许多地方，在野地扎营无数

次，但在如此广阔的原野上住营地，也只有在澳大利亚北领地了。

达尔文是澳大利亚北部的最大城市。我们在达尔文一家青年旅社住了三天，然后开车转向东方，去卡卡杜国家公园。

卡卡杜是澳大利亚最大的国家公园，拥有世界上最集中的土著岩石艺术遗址，其中最著名的是诺尔朗吉岩和乌比尔两处景点。丰富的自然景观和大量野生动物在此繁衍生息，该地区也因其生物多样性而著称于世。

卡卡杜所处地区地势低洼，雨季时很难进入。许多地方必须驾驶四驱越野，普通轿车是进不去的。我们去时虽然恰好是旱季，但开的是普通轿车，结果只看了几处最著名的岩画。那些被列为世界遗产的珍贵岩画，是用色彩鲜艳的点连接起来的，经过两万多年风雨侵蚀，依然清晰可见，既有人物、植物、动物，也有星星、太阳、月亮，还有寓意神秘的抽象图案，形象地反映了澳大利亚土著人对世界的认识，也给人类文明史增添了一道独特的、不可替代的色彩。

从卡卡杜国家公园出来，我们沿着澳大利亚旅游局官方网站推荐的线路"草原之路"继续向东，奔向一个偏远的小渔村。想象中，那会是一个非常美丽的，保留着许多拓荒者遗迹的小村庄，充满迷人的魅力。

这条路路况不好，沙石路和柏油路交替出现，又都是很窄的单行线，错车时必须要在路边停下来，给对面的车让路。一路上极少有城镇或村庄，又必须住营地了。下午5点多的时候，看到一个不收费营地，可以点篝火（有标示，否则千万不能点篝火）。想继续往前走，又不知下一个营地有多远。就在这里过夜吧，说不定一会儿就有其他车来了。

老公去找树枝，我准备饭，也不是做饭，就是把在超市买来的食物都搬出来，摆在那里罢了。

天色渐渐暗下来，气温也越来越低。整个营地只有我们两个人、一部车，再也没有来第二辆车。最后一抹晚霞消失的时候，我们点起了篝火，为了驱赶蚊子，也为了暖和一些。七月下旬是澳大利亚最冷的季节，而北领地的蚊子依然那么厉害。这里属亚热带，虽是冬天，却不似中国北方那样寒冷。

熊熊燃烧的篝火噼里啪啦响着，我不停地把树枝扔进火堆，让火再旺些，再大些。心里想，早知可以点篝火，就该买一大块羊肉，澳大利亚烤羊肉一定好吃极了。

黑暗笼罩着我们，头上是璀璨的星空，银河清晰可见，北斗七星反挂在天空，和在北半球看到的星空不一样。寂静的旷野，除了偶然听到鸟或其他什么动物的叫声外，安静极了。我和老公肩并肩坐在篝火前，看着熊熊烈火渐渐变成红炭，脸都被烤得烫烫的。

我拿出相机，调到自拍模式，找个合适位置，给我们拍下了夜幕下篝火旁的合影。

我把土豆扔进火里，红红的炭火慢慢变灰，用树枝扒拉扒拉又红了，土豆渐渐飘出香味。我轻声讲起年轻时插队的生活，回忆起当年和老公相识相知相爱的地方。

空旷的北领地，茫茫荒原上，这一夜，这个营地，只有我和老公两个人。

Happy backpackers

I will accompany you to travel around the world

三、旅途中的情感故事

旅行拉近了人与人之间心灵的距离，使爱情、亲情、友情得到最真实的释放。

第二次恋爱

第二次恋爱，这样讲是很煽情的，但我依然用这个词，这是自己的真实感受。

老年人往往不愿意表达自己的情感，其实把情感表达出来，让对方了解自己、自己也了解对方是必要的，这是婚姻生活中保持良好感情的一个前提，也是我们自己的婚姻生活走过来的亲身体验。

年轻的时候有过热恋的经历。结婚后，日子一天一天过，几乎一成不变。两个人各自有自己的工作环境，每天早上出门上班，十几小时和别人在一起，晚上回来，就是吃饭、教育孩子、看看电视，然后休息，沟通的时间很少。即使聊天，也有许多内容涉及彼此的单位、工作、朋友或者亲戚，这样，夫妻相互了解、诉说感情的时间少之又少。

激情慢慢没有了，爱情也淡了。随着时间的流逝，维系两个人感情的纽带大部分是理智和道德，还有责任和义务。

还有亲情，把亲情一直保持下去，彼此不讨厌，那就是最好的结果了。

我们就是这样走下来的。平平淡淡，柴米油盐酱醋茶，一天24小时，不知道对方想什么，也不知道自己想要什么。

后来，老公不愿意过平淡的生活，40多岁下海到海南，把孩子和老人扔给我。家里家外都是自己，虽然有孩子陪伴，依然孤单，多少时间是自己一个人度过，多少事情要一个人承担。即使这样，也没有什么怨言，因为当时许多人家都是这样的，中国人的传统观念即如此。

直到女儿长大，结婚了。有一天女儿说：我可没有妈妈那样坚强，一个人带孩子过了八年。

自己才蓦然醒悟，原来事情是不应该这样的。

我们分居八年，再在一起生活的时候，已经有许多的不熟悉了，经常为一些小事吵架，逐渐升级，吵架的时候声音越来越高，说的话也越来越狠，内容也越来越离谱，彼此的伤害也越来越大。还有一点，就是彼此既不收敛，也不内省自己。

其实每次这样的争吵以后，我们两个人各自的内心都特别痛苦，不舒服，不想这样生活。

许多时候在想：是否当年自己对婚姻选择错了，是否我们真的就走不下去了。每次想到这里，都觉得自己的一生真是失败，同时，也不甘心就这样放弃婚姻，可是也没有更好的办法去解决彼此的问题。因此，遇到事情，一句话不和，依然是以吵架告终。

特别是老公要退休了，马上要面对24小时在一起，自己想来也恐惧。这时候，老公提出去欧洲旅游，自己也喜欢玩，没有考虑在路上是否会吵架，只是被异国风光吸引了，就决定一起出门。

从决定一起行动开始，我们就一起把它当做工作了。彼此需要配合，话题也越来越多，需要互相商量的事情也越来越多，对彼此做事的方法和风格越来越了解了，开始慢慢地从柴米油盐的小事情中解放出来。

当时老公开始学习英语，我无所事事，老公让我看历史书。发现自己越来越喜欢看，就再去看欧洲艺术史、建筑史，看网友的旅行游记，虽然是看了前边忘了后边，却还是让自己的生活丰富起来。

同时，也需要去学习上网、金融常识和旅游必备常识，开始感觉时间不够用，已经没有空闲和老公吵架了。

就这样，我们的吵架次数越来越少。不过，在旅行时我们还是会吵架。有一次在美国，因为买一件东西，他说没有用，而我坚持买。为这个事情在商店里吵得不可开交。

彼此一天没有说话。第二天，老公认真地说：我不想吵架，还想好好过日子，还想和你一起走到老。他的态度非常诚恳，我知道他内心也在痛苦地挣扎，明白他也想做一个好的选择，他依然希望我们的婚姻生活幸福圆满。

当时，自己一句话也没有说，没有接他的话，就是希望自己好好想想今后的选择。

第三天，在超市买东西的时候，自己一个人一边挑食物一边想：如果没有他，就是自己一个人这样生活……想到这里，自己的心痛了，是能够感觉到的痛，紧紧的抽搐的痛，从来没有过的感觉一下子生出来了，眼泪也不能控制地流下来。这时候自己明白，我还是很爱他的，离不开他。

买完东西，在车里，我认真地把自己的想法、看法和这几年的生活慢慢地讲给他听，最后把刚刚产生的感觉和决定告诉他。然后，我把手搭在他的手上，这是几年来第一次这样主动地去搭他的手，感觉是那样的温暖，虽然他的手其实是有点儿凉的。

老公听了我的话，说：我们不能再吵了，太伤感情，我以后会让着你的。我们好好过日子吧。

这是2009年冬天。从此以后，我们经常聊天，谈自己对某一件事情的看法和想法，相互交流，主动沟通，在生活上相互照顾、疼爱，哪怕一点点小事情也是如此。

老公倒了一杯水，同时也给我端来一杯，我就会说：谢谢你！表示我知道他照顾我了。而我给他做些什么事情，他也会说：老婆真好！表示他喜欢我这样做。我们彼此之间也说一些传统观念认为肉麻的话，其实，那样说的时候，彼此还是高兴接受的，心里有一种幸福的感觉。

同时，即使粗心做了让对方不愉快的事情，相互也不埋怨，直接用比较婉转的语气说出来，一笑，就过去了。

就这样，不论在家还是在外面都和平相处，不吵架，不冲突，结果越来越了解对方，越来越接受对方。老公说是完成了第二次磨合，我说是进行了第二次恋爱。

2010年，我们又出门了。这次的行程长，困难多，但是我们已经渡过相处那个难关了，一路走下来，情感得到升华，彼此相互依赖，相互帮助，相亲相爱。当然，我偶尔还是会发一点儿小脾气，老公依然会哄我。

一路走下来，我们遇到困难从来不互相埋怨，只是互相鼓励，互相照顾，一起想办法面对。我感到，如果没有我们的感情做基础，是很难走完环球旅程的。

在南极露营，我们挖好雪坑以后，就只有那一点点装备。老公想办法，建议把船上发的防水衣铺在最底下，我已经铺好了睡袋，嫌麻烦，不想弄了。老公又一件一件地帮我弄好，然后又在我钻进睡袋后把我的睡袋掖好，旁边的小胡羡慕不已。那时候，觉得天下只有他才会这样对我，心里甜滋滋的。

在马丘比丘，我一心想让我们的旅行不留一点儿遗憾，知道自己没有体力爬山，就一直鼓励老公去；而老公怕我着急，又担心我的身体，用最快的速度上山下山。当满头大汗，只穿一件跨栏背心的他站在我面前的时候，我明白了他心里有我，最重要的是我。这最好地证明了，我们在对方心里的位置是多么重要。

在亚马孙腹地巴西的塔巴廷加，晚上10点到达目的地，到哪里住宿，如何过海关？没有任何信息。这个地方是非常危险的，三国交界，毒品走私猖獗。就是在这样的情况下，我们只有相互依靠，彼此信任，鼓足勇气，才能解决问题。我没有半句怨言。

在澳大利亚的荒原上，点着篝火，我们相依相靠看星星，吃土豆，谈年轻时候的生活。夜里被冻醒后相拥取暖，互相鼓励。为了去看许多人没有看到的风景，去看蹦蹦跳跳的袋鼠，去了解土著人的文化传承，12个夜晚，我们就睡在轿车里。

在亚马孙慢船的吊床上，彼此关照。为了战胜蚊虫叮咬，相互抹药。为了战胜寂寞，相互寻找喜欢的话题。我们一致认识到，旅途中，人是最耐看的一道风景。

在巴西的萨尔瓦多，因为攻略书上讲到这里的治安问题严重，老公不能把相机掏出来，只能看我一个人用卡片机。我知道他心里痒痒，把相机给他，而他又不愿意扫我的兴，坚持不要，站在大街上互相推让，这个时刻，我体会到他的用心，他也能体会到我的心，即使没有拍到漂亮的照片，还是非常的高兴。

每次出发前，收拾行李，老公总是说：不要把东西都装到你的包里，他怕我累着，而我看到他的包鼓鼓的、沉沉的，也是恨不得拿出一些物品。最后我们用分工的办法：什么东西归你背，什么东西归我背，这样就不争了。他总是说：让我当个大男人很好，你就做你的小女人吧。

就是这样，我们的2011年的旅行非常的完美。女儿多次发短信问我们：你们吵架了吗？我告诉她，我们现在不吵架了。女儿还奇怪呢，老爸老妈什么时候提高修养了。她非常喜欢我们现在的状态。

当然，有时候我还是会发点儿小脾气，然后，老公就说，这是我们之间的调味品。有时候，我会问女人最爱问的问题：你会不会找别的女人呢？他调侃说：那样成本太高了。

这样的时候，我就会回到做女孩子的时候，就像初恋一样幸福。这样的幸福是那种深入骨髓里、灵魂里的幸福。

就这样我们携手一路地走，在南极露营，和企鹅亲密接触，在亚马孙睡吊床，到伊瓜苏看瀑布，在教堂参加黑人的复活节弥撒，在马丘比丘寻找历史，在大湿地游泳，在周末市场看人生百态，在奢华中体验民众情趣，在星空下与篝火为伴，在青年旅馆和各国朋友交流沟通，还品尝各地的美味小吃。

我们每次合影，都紧紧地拥抱在一起，这对许多中国老年人来说很难为情，可是，我们认为只有这样，才能真正表达彼此的相爱。

回到北京，有朋友问此行最大的收获是什么。我脱口而出：最大的收获是我们夫妻二人的感情在旅途中更加牢固了。没有这个做基础，我们也很难走下来。人生的路上相扶相帮，在困难中共同面对，收获幸福快乐。没有一帆风顺的路，只有永远走下去的路。

亲情无价

结婚第二年，我们的女儿出生了，一个丑丑的小丫头。她爸爸看到她的第一句话说：这么丑，送人吧。以后许多年，我们都拿这句话来调侃爸爸。

和其他孩子成长的过程一样，她有爸爸妈妈的呵护，也有自己的“坎坷”，一岁多的时候不会站，去看大夫，大夫说小脑发育不全，我天天哭，以为她从此不能走路了。五岁的时候发高烧，把视神经烧坏了，要歪着头看人，后来找一个中医大夫治好了。

不过，女儿的学习、工作都没有让我们操心，顺利地考上大学，顺利地找到工作，还早早地把自己嫁出去，也按部就班地给我们一个外孙。

老公每次想到女儿的生活就会非常得意地说：没有让咱们操心就长大了，真不错。而女儿说：爸爸妈妈给我一个幸福的生活环境，让我知道什么是幸福，也懂得如何保护幸福生活，真好！

我是把女儿当成自己的宝贝，也当成自己的依靠。孩子长大了，懂事了，不开心的时候，就第一时间想到女儿能够帮助我。在高兴的时候也第一时间想到女儿，让她一起分享快乐。

特别是在我们分居的八年和与老公不和的时间里，我都是依靠女儿的安慰和劝导。三娘教子到子教三娘的过程，让我们有了成就感和幸福感。

我们对女儿的教育，按现在的说法是比较西式的，我们没有对她过多约束，到她长大懂事以后，我们一直以朋友的方式相处。她经常高兴了就直呼我们的名字，我们也习以为常，没有感觉这样有什么不好。

就是这样的家庭环境，我们的外孙也是如此的，生活随随便便，非常随意，外孙的成长也和他妈妈一样，每天高高兴兴的。而且，不仅直呼爸爸妈妈的名字，我们老两口的名字他也是经常挂在嘴边的。

有些人认为这样不好，我们却认为平常。该教导的时候，孩子还是会接受我们教导的，外孙也以我们这样的生活感到骄傲；同时，却拒绝媒体的采访，自己非常有思想地说：做名人不好。

在这样的环境中，我们大家彼此尊重各自的选择，对女儿的重大决定，我们只提建议，不多干涉，而她也尊重我们的生活方式。

在金钱问题上，女儿从来没有说过你们出门旅行把钱花完了怎么办的话。也没有说过，应该把钱留给她或者外孙。

她认为通过自己的努力得到金钱能够表现自己的能力，有成就感。那种满足感才是她想要的。也只有这样的生活才能得到他人的尊重，社会的尊重。

那年，我们去四姑娘山穿越，走毕棚沟一线。我和老公都高反很厉害，头痛欲裂，浑身没有一点儿力气，而且还特别冷，根本睡不着觉，感觉就是：不知道自己是否能闯过这一关。

半夜，我和老公两人聊天，说到如果我们这样走了，女儿会非常难受的，许多事情没有给女儿交代，然后我就絮絮叨叨地说这个那个的，老公有一搭没一搭地应和我。我突然想到，女儿根本不知道我们在四川的什么地方，这样偏远的大山里，如果我们真出什么事情，让她如何找到呢？就这样，我们才想到写遗嘱的事情。

回到家以后，我们商量着写了一份遗嘱，把写遗嘱的事情告诉女儿。还把我们选择这样生活的初衷和意义，其中的危险和乐趣，都和她讲得清清楚楚。

女儿眼睛红了，告诉我们：如果发生意外，我会把你们的东西保存好，整理成一本书。但是我不希望出现这样的事情，你们出门要多多小心。

以后，我们再出门的时候，会保持和家里的联系，即使在南美洲的时候也是如此。每次换一个地方前，我们会发短信告诉女儿，我们明天要去哪里，用什么样的交通工具；到

了目的地再发短信，说我们安全到达。

巴西黑金城

如果遇到没有信号的地方，我们就也会提前告诉女儿，我们去什么地方，可能住多少天，没有信号，不要着急。出来以后第一件事情就是给她发短信，报平安。

有些时候我们会走比较偏僻的地方，可以说是只有驴友才去的地方玩，如果出事，需要很多人去找，或者去签证非常难办的国家，如果发生意外的话，孩子也很难办下签证来寻找。

这样的情况万一发生，怎么办？我们在遗嘱里专门写了一句话：如果我们在非常偏远的地方失踪了，就不要去找我们了，太费财力物力人力。

这样写很极端，女儿可能做不到，但是，我们告诉女儿的是，爸爸妈妈在她心里，她也在爸爸妈妈的心里。希望她还可以安安静静地过自己的日子，我们可以

安安静静地走。

有人对写遗嘱是非常忌讳的，认为不吉利。我们不这样认为，提前写好遗嘱，是对女儿的保护，让亲情得到保护。同时，也是对我们的家人、亲戚、朋友一个交代：这是我们的意愿。

这里就涉及我们对生命的看法：人的生命只有一次，如何对待生命，死亡是否可怕。

老公在旅游过程中对什么都感兴趣，越是独特的越是感兴趣。我们在佛罗伦萨，他已经审美疲劳了，连百花大教堂都不看，但是看到一座教堂后面的墓地却兴致勃勃。墓地修建得非常漂亮，如同花园一样，有一对情侣在墓地外面照婚纱照。这在中国人眼里是不可思议的事情。

在尼泊尔的烧尸庙前看当地人的葬礼，一条河，这边在焚烧尸体，另一边有许多人在河里洗衣服，许多苦行僧在打坐，思考生和死到底是什么。看到这样的情景是什么感受呢？

所有的一切让我们重新认识世界和认识自己，曾经认为合理的，是否不一定正确呢？

随着我们看到的越来越多，认识也就越来越清晰。

中国人认为墓地是不吉利的地方，没有人愿意去墓地，但是同时又希望死去的人给自己带来幸运，把墓地看得非常重要。

后来我们走过的地方多了，看到的也多了，慢慢明白了其中的道理。

西方人的宗教告诉人们，死了以后可以上天堂，那里幸福。而我们常认为死了以后过奈何桥，喝孟婆汤。只有一个事实是真理：我们都会死去，没有一个死去的人告诉活着的人那个地方是什么样子的。

老公看到一个报道：一对老夫妇去看世界最高落差的瀑布的途中飞机出事，一起走了。老公和我说：这样未必不是一种幸福。想想的确如此，手拉手看世界，手拉手去天堂，再没有如此幸福的了。

女儿理解她的父母，也支持父母的选择，每次父母

探戈·阿根廷

离家周游世界的时候，她在家里默默地祝福，如果父母在外面打电话需要她帮助，她一定会放下手里的工作，立刻想尽办法帮助。

她也挂念我们。我们在欧洲旅游的时候，她写了一首小诗：

古人云，父母在不远游/现在，你们说/要去欧洲/我只有轻轻地点头/因为我知道/这样的愿望不能留/虽然我在担忧/身体、言语/还有那漫长的/三个月的自助游/你们走后/我这里留守/自个照顾幼儿/琐碎的家务望不到头/这才领会/你们曾经怎样为我分忧/想念爸爸古怪的脾气/还有妈妈的唠叨/对着照片/我向儿子细细述说/这是他们走过的/河岸、铁塔和高楼/将来长大你也要走/非关坚强与否/唯有梦想和自由/放飞你的翅膀/我想这样爱你才会足够/送给爸爸妈妈最好的节日礼物是:帮助他们实现愿望/预祝所有的妈妈母亲节快乐!

这是我们在欧洲的时候收到的，看完这首诗，我和老公都眼睛湿润了。女儿啊，老爸老妈让你担心了！

2010年，外孙放暑假的时候，我们带他去了一趟俄罗斯。

他的同学许多都去过新马泰，有一次他回家告诉我们说：老师上课讲面包的制作，问大家吃过几个国家的面包，我只吃过中国的面包。

我们就明白了，他也希望走出去看看外面的世界。老公选择了俄罗斯这个具有独特风格的、离家不远不近的国家，让他看看什么叫外国。

18天的行程让他永远记住了俄罗斯，也知道了姥爷的英语只有小学二年级水平，而姥姥的英语水平是，一个不会讲外语的哑巴把会说外语的人弄成哑巴。

而女儿更加提心吊胆地看着疯狂的老爸老妈把儿子拐带走了，儿子头也不回地就上飞机了。女儿就此写了一段微博来表达自己的心情：看着儿子出关，渐行渐远。他是那么开心，但我却忽然有了怅惘的愁绪。他长大了……想起当年妈妈送我上大学的情景。无情最是台城柳，依旧烟笼十里堤。

我后来问起女儿，她建议我看看龙应台的《目送》。看完后，我理解女儿的心情了。我们每次背包走在路上的时候，她的心都在煎熬着。同时她讲：爸爸妈妈可以这样生活，也是我的幸福。

路上的浪漫故事

1.潘塔纳尔大湿地

巴西的潘塔纳尔大湿地号称世界上最大的一块湿地。因为远离喧嚣的城市，远离现代社会。这里的导游说：每年只有几百人来这里旅游，许多巴西人都不知道这里！

我们从巴西的福杜伊瓜苏到大湿地，先要到一个叫大坎普的城市，必须参加旅行社，请旅行社安排把游客带进去。自己是没有办法进去的。

一路换了五次车一次船，走了19小时，才到大湿地。那里有小木屋群，所有的活动都以这里为中心，活动时间是两夜三天。

小木屋群设施非常简陋，通电，有土路，经常被水冲毁，有几户人家组成的居住点，有一个为游客服务的小超市和酒吧。

我们不知道深入进去是否还有人家，这里也有孩子，每天下午他们会在空地玩耍。我观察了两天，他们只在这个空地玩耍，不会走到更远的地方，不知道他们的学校在哪里。

我们的活动项目是：观看野生动物，各种鸟类、野猪、蛇、鹿、青蛙、猴子、山猫、鳄鱼，白天观察、黑夜探险，钓食人鱼，游泳。

低洼处是水和泥泞的路，搭木板才可以到房间，两天没有下雨，就都干涸了。这里最多的是蚊虫，按照要求，是应该做疫苗防疫的。

我们这个小团有五个人，还有一对芬兰的情侣，一个荷兰小伙。前几天来的游客还没有走，他们有七八个人，另外还有一家人，两个孩子两个大人。

到达的当天晚上吃完晚饭后，我们和所有的游客聚在院子里聊天，各自介绍自己是从哪里来的。其中一个女孩让我印象深刻：她的两条腿从膝盖以下都是被蚊虫叮咬的红疙瘩，布满了皮肤，看上去都瘆得慌。我们都是带防蚊剂的，她没有吗？我身上只有几个疙瘩，就已经是奇痒难耐了，何况这么多。后来老公告诉我，那个女孩是德国人。

第二天上午，大家都去看野生动物。导游是一个巴西混血男子，个子不高，结实强壮的身体，赤裸着上身，光着脚，腰里挂一把带鞘的匕首，说一口流利的英语，一边走一边讲这里的野生动物的种类。突然，一个停止前进手势，大家都看他。他指指路边的树丛，慢慢弯腰过去。我们也学他的样子，看到树丛里黑糊糊的东西在动，没有人敢说话，原来

是几只野猪。我们看不见完整的野猪，是听到野猪的哼哼声判断的。

就这样，我们一个上午看到鹿、蛇、野猪，还有各种各样的鸟和植物。我们最希望看到美洲豹或者美洲虎，但是只看到爪印，非常清晰，像是昨天夜里留下的。据说现在看美洲虎的时间不对，要到旱季。没有水的时候，所有的野生动物都会找有水的地方喝水，就可以看到美洲虎了。

这是一个神秘的地方，远远地看着就是草和树，走近看就是一片一片的沼泽地，河水非常清澈，水流湍急，鱼儿藏在水深处，动物栖身草丛中，鸟儿在树上唱歌。天空是清澈的，空气是清新的， 就是一个世外桃源，只是太过于原始了，在这里生活是很寂寞很艰苦的。

中午太阳毒辣，大家都在睡午觉。我无所事事在地在阴凉处看牛吃草，看鸟蹦跳，体会这里的宁静和安逸，也是一种享受。

因为路途遥远和艰难，在路上的时间悠长，湿地里的旅行社必须在中午时间安排客人离开。那些前几天来的游客开始陆陆续续背着背包走了，只有德国女孩不走，朝走

的人们微笑。我非常好奇，在我看来，她应该也是今天要走的一员啊！

有疑问就想寻找答案，在语言不通的情况下只能靠观察，最后的结论是：女孩在热恋中，对象是那个精明能干的会说流利英语的巴西小伙子——我们的导游。虽然我并没有看到他们拉手和拥抱。

我把自己的发现告诉老公，非常肯定地说，是德国女孩主动追求那个导游的。他不相信，嘲笑我胡说八道，异想天开。

结果，事实证明我的观察和结论是正确的。

下午，我们这个小团体五人一起坐船去游泳。导游给我们开船，看河里的野生动物和湿地的落日。返回的时候看到美丽动人的一幕：在落日灿烂的晚霞中，一个姑娘站在桥上等心上人归来，那个剪影是如此的美丽，晚霞把河水染成红色，如同红丝绸般抖动，桥栏杆形成的几何图案勾画得坚硬无比，而婀娜多姿的美丽身影是如此动人。

女孩翘首企盼的他就在我们的船上，他一定非常喜欢这美丽的风景和风景中的人。我想他一定非常自豪。

我们上岸后，导游和德国女孩拥抱接吻，然后手拉手走了。我看着老公，得意地笑了：你老婆的眼睛厉害着呢！

吃晚饭的时候，我和老公谈论这个浪漫的故事，因为大家听不懂我们的中国话，也就从来不避讳他们。结果没有想到，那个芬兰的男人居然听明白中文的“浪漫”一词，惊讶地说：“Romantic？”我立刻点头：“OK!OK!”他告诉老公，德国女孩来到这里，喜欢这里的风景，喜欢这个让她心动的男人，从此留在这里，到现在已经有五个月的时间了，她没有打算离开，会一直留下来！

这个故事让我想起在云南虎跳峡，我们去徒步，一个山西女孩嫁给当地纳西族小伙。我们正巧赶上他们的婚礼，和许多老外一起参加他们的婚礼，我和一个在北京读书的美国人谈起：在这样贫穷落后的地方生活会怎么样呢？我认为女孩子不值得因为爱情把自己的一生交到这里，那个美国人却说：有爱就可以了。

今天又一次印证了，爱情就是这样的，有爱就可以了。爱是如此美好，如此伟大，可以是这样的，爱使这样的地方成为一个美好的地方。

2. 世界很大，地球真小

在路上可以经常遇到许多同样在旅行的人，如果语言相通，脾气相投，就会聊得非常投机，成为朋友。

虽然就是几天或几小时，然后分开各自走各自的，以后可能会联系，也可能没有联系。但是，他们都是我们的朋友，我们会时不时地想起，说一下他们的事情，想想他们在哪里，是否过得愉快。

我们在路上遇到的朋友都有一个共同点，走在路上去看美丽的风景，去了解当地的风俗，把旅行当做一种生活方式，都是吃苦耐劳的背包客。

那是2009年，在尼泊尔加德满都遇到的一个姑娘，小小的个子，漂亮的面孔。我们相遇以后，她知道我们没有攻略，英语也特别烂，就自告奋勇地给我们当翻译兼导游，

伊基托斯家庭旅馆 · 秘鲁

在加德满都的大街小巷一起乱窜。许多人都以为我们是一家人。

这样相处四天后，我们去蓝毗尼，而她依然在加德满都等她的印度签证，说好她走的时候就在青年旅馆给我们留一张字条。

我们回到拉萨以后，还真的又见面了。以后我们之间偶然会联系一下。她没有手机，只能通过网络联系。知道她依然在路上，并且在新西兰遇到自己的另一半，一个金发碧眼漂亮的英国小伙子。

整整两年后，2010年10月我们去新疆喀什，在青年旅舍又和女孩相遇了，看到了她在路上捡到的男朋友，一个腼腆、漂亮、非常喜欢她的英国小伙子。

这真是戏剧性的一幕：我们从红其拉甫口岸回到喀什，已经傍晚时分，去取我们寄存在青年旅馆的行李，而他们在那里准备办退房手续，因为第二天一早他们就要走了。女孩就站在我前面，因为房间很黑，又是背影，也没有想到是熟人。我对前台服务员说："请把我们的背包拿出来。"她听到声音非常熟，回头一看，是我们，立刻大喊了一声："阿姨！"

就这样，我们拥抱在一起，高兴得又跳又笑，当时我完全就是一个小女孩的样子。所有的人都莫名其妙地看着我们，而我们一点儿也不顾忌大家的眼光，彼此相互看看，又一次拥抱。她的男朋友矜持地坐在一边，等我们安静下来，才轻声问了一句："这就是和你一起照相的阿姨？"我也问："这就是你的英国小伙？"

他们没有退房子，而是退了火车票，留下来和我们过了一天。我们找一家维吾尔族的茶馆，在那里聊了一天。

在这里，我们还是请女孩给我们当翻译，和她的男朋友谈他们的理想和对世界的认识，对中国的看法。男孩说，他的理想是"和平和爱"，我们很震惊。在我们提问"你的理想是什么？"时，男孩用了差不多五分钟的时间思考，这样深思熟虑后的回答一定不是玩笑。

女孩告诉我们，他们也在路上行走了两年，有时候他们会走一条路线，有时候他们会各自走不同的路线。他们与我们最大的不同是：在路上拦车，搭顺风车。她的男朋友就是从中国的四川到新疆一直靠顺风车走下来的。

欧洲球迷 · 维也纳

我和亚特兰大州议会议长秘书 · 美国

女孩说："我最大收获就是在旅行中看到了一个真实的世界，学到了书本上学不到的知识。"

至今，我们依然不时在网上联系一下，是心心相印的朋友。

3. 我们的朋友遍天下

在西藏八一镇的一家餐馆，我们去吃石锅鸡。这个春节我们一直在路上，没有好好过节，中国人过节主要就是吃，我们要慰劳一下自己。

遇到北京的两个驴友也在这里吃饭，大家聊天，聊来聊去，老公把人家忽悠去徒步南迦巴瓦了。这样我们四人一起走了两天，然后又一起回成都，成为非常好的朋友。隔一段时间，我们就会聚一下，聊聊大家的日子。我们到阿根廷的科尔多瓦的小镇参观格瓦拉故居的时候，想起那个女孩说她特别喜欢格瓦拉，我就买了一个铜质的书签送给她。她只有二十多岁，这样的朋友就是忘年交了。

在路上，我们还有许多朋友：梅里雪山的一对北京游客，我们一起见证了一对情侣的求婚，回到北京后，他们请我们做证婚人，这样的事情也是可遇不可求的。

更有意思的是在潘塔纳尔大湿地，我们小团体里的芬兰情侣也和我们成了朋友。

那个男子来过中国，虽然只是会说"你好""谢谢""再见"之类的词，但是他非常聪明，我们聊过几次以后，他就掌握了一些技巧，经常可以通过我的表情和肢体语言理解我想表达的意思。我们的聊天，有时候几乎就是一个说汉语和一个说英语在聊天。

我们分开两个月后，在秘鲁的马丘比丘又一次相遇，是非常幸运的事情。我们依然在一起这样聊天，聊这两个月走过的地方。这样的情景被一个中国留学生看到，奇怪地问我："阿姨，你用中国话和他说呀？"我说："我只会中国话呀。"语言不通不能阻止我们成为朋友，路上的风景、路上的奇遇让我们心意相通。

亚马孙腹地小城伊基托斯，在我们住的家庭旅馆，遇到五个嬉皮士流浪艺人，大家都在客厅活动。老公抱着本LP看，一个小伙子惊讶地用英语说："中国也有这本书？你们是中国人？"然后我们就开始了聊天。

以往，我们在路上经常遇到流浪艺人，从心里排斥他们、害怕他们，因为他们的服饰打扮非常另类，脸上钉满各种钉，头发也弄成奇形怪状的。他们一般是几个人一起，没有固定的住所，有的还牵一条大狗，到处流浪。我们就躲他们远远的，偷偷地给他们拍几张照片，从来没有正面接触过。

这次是我们第一次和这样的人聊天。他们英语不好，老公的英语也很烂。但是我们聊得非常开心，通过这次聊天，我们对这类人有了一定了解。

小伙子说他来自哥伦比亚，女孩是秘鲁的，他们一起生活。其他三人来自不同国家。小伙子告诉我们，哥伦比亚有非常漂亮的海滩和风光，你们可以去那里看看，要比秘鲁漂亮许多。我们告诉他，没有签证，去不了哥伦比亚。这件事情让小伙子惊讶不已：“哥伦比亚这么一个国家，还要签证？”他出示自己的身份证，告诉我们：“在南美只要有这个，就可以在各国通行无阻了。”现在轮到我们惊讶了。

这样的聊天，大家都用一些英语单词和肢体语言，再加上墙上的风景画和攻略书上的地图，就热热闹闹地说开

情侣 · 巴西帕拉蒂情侣 · 巴西帕拉蒂

在马丘比丘的意外邂逅

了，连饭也不吃了。

小伙子和老公两个人越聊越高兴，内容扩大到南美的历史、音乐和舞蹈。

哥伦比亚人热爱舞蹈，有时通宵达旦地跳。看到小伙子热情洋溢地表演舞蹈动作，立刻就能理解了。小伙子还比画说：巴西桑巴舞有表现黑人反抗殖民压迫的意思；而阿根廷的探戈，表达的是早期白人远离家乡来到南美时的苦闷忧郁。

小伙子不断用语言、表情，穿插着手势动作，表达了大家都能理解的意思，是非常奇妙的过程。我们对南美洲各个国家的音乐、舞蹈、黑奴、印第安人、白人殖民者之间的关系有了形象的了解。

谈起自己的生活，小伙子说，他们几乎常年流浪在路上，用五颜六色的羽毛、奇特的植物种子、动物的骨头、打磨光滑的石头，做成独具个性的饰品，或者用金属线编织一些夸张的图案，然后就靠出卖这些手工艺品支撑生活。在常人眼里，他们是另类，是不被理解的社会边缘人。其实，他们有自己的想法，追求自由放松的生活，热爱自己的国家。

分开的时候，大家照相留念，相互拥抱，有相互祝福，朋友就是这样的。

多年的国内外旅行，拍了无数照片，无数见闻和趣事。我们把照片和故事放在网上与大家分享，交到了更多朋友。我们经常和驴友进行在线联系和交流，有时还参加旅游网站组织的线下活动。大家在一起高高兴兴谈论各自的旅游经验和故事，彼此熟悉了，也就成为朋友了。

旅游让我们的朋友遍天下，而且大多是年轻人，这让我们常常忘了自己的年龄，变得更年轻，更贴近社会。应该说，这是我们周游世界的最大收获之一。

房子·家·幸福

在电视访谈节目《看见·花甲背包客》中，主持人柴静问：“周游世界要花很多钱，如果钱花完了怎么办？”回答：“我们卖了房子，卖房子去旅游。”

有人说我们“豁达，想得开”；有人质疑“卖了房子，回来住哪儿？这事儿不靠谱儿，老头儿老太太疯了！”

其实，“卖房子去旅游”，表达了我们的生活态度，但并非生活的全部。我们的长远考虑，是基于退休后的经济状况，考虑“以房养老”，做好退休生活的财务安排。

以房养老，是我们财务规划的重要组成部分。选择用“旅游养老”取代传统养老模式，相应的财务安排，顺理成章就从“以房养老”演化成“以房养旅游”。

但是，即便周游世界，也不是生命的全部。老得走不动了怎么办？总得有个落脚处。还有，人生走到尽头，要死得有尊严，优雅地给生命画上句号。所以，还有很多其他考虑。

老年生活的财务来源，是年轻时创造的财富。消费这些财富，有两种模式：一是花在子女身上，从单纯经济角度看，养儿防老是家庭内部的“期权交换”，是对未来“养老期权”的投资；二是社会养老，把财富投于社会，年老时再向社会“行权”，这需要完善的社会保障制度。

我国不可避免地步入老年社会，养老制度建设越来越紧迫。能否让老年人更幸福，能否把年轻人从“四·二·一”的沉重负担中解脱出来，实在是很大的挑战。

在目前条件下，把“以房养老”作为对不完善社会保障制度的补充，是一个不错的选择。我们正是作了这样的选择，夯实了老年生活的财务基础，保证了退休生活的质量。

但是，以房养老也需要相应制度保障，例如银行提供逆向按揭服务。如果没有逆按揭，只能退而求其次，把

格斗 · 俄罗斯冬宫广场

“以房养老”变成“卖房养老”，把“以房养旅游”变成“卖了房子去旅游”，剩下的余钱去住养老院，或去当年插队的小山村买个小院子，都是我们乐于接受的选项，也是我们能想到的最优、最具幸福感的养老财务安排。

所以，房子不是生活的全部，也不是家的唯一载体。只要和自己所爱的人在一起，走到哪里都是家。

于是，我们有了下面的感悟：

不要被财富绑架，丢了幸福。

卖了房子去旅游？一些朋友不相信：就那么一说，未必是真的。

说一下我们的心路。

刚买房子的头一年，住进属于自己的房子里，快乐得像在天堂。

第五年，房子带来的幸福感已不那么强烈了。

第十年，感觉房子就是一个居所，如果和所爱的人在一起，走到哪里都是家，哪怕没有房子。

这时才明白，房子可以带来快乐，但不是取之不尽的幸福源泉。对于我们来说，周游世界的快乐，已经远远超过房子带来的快乐。

房子带来的幸福感逐年衰减，印

亚马孙夕照

裴嫩

证了一条著名经济学规律：边际效用递减规律。

不光是房子，车子、票子、官位、名气……都是如此，一旦达到某个临界点，幸福感就会日渐衰减。这就是为什么有的人非常有钱却过得不幸福，有的人位高权重过得很压抑，有的人名气很大却精神分裂。名人有名人的快乐，但也失去了许多常人的快乐。

人的欲望是无限的。“知足常乐”也是一种价值观，但我们并不赞赏。因为，压抑人性的欲望，对于个人，是一种消极的快乐；对于社会，失去了发展的原动力。

不知足也可以常乐，方法是，不断给自己设定新目标，在追求新目标的过程中，持续更新幸福之源，这是克服边际效用递减规律的途径。

我们就是不满足于过分安逸、过分休闲的养老生活，想颠覆传统，选择了周游世界作为退休后新的生活目标。

人生路上，有无数目标可供选择，必有取舍。追求自己的梦想，总要舍弃另一些东西，即使它们充满诱惑。

对于我们来说，周游世界与房子两相比较，前者更重要。两全其美最好，但如果必须放弃一个，我们选择周游世界。

房子、财富能带来快乐，但不是无限幸福。

财富与幸福的关系，在一定阶段上成正比，在另一阶段就变成反比。超过临界点无止境地追逐财富，幸福感就会持续衰减，直至丢掉幸福，变成房奴、财奴。

不做房奴、不做车奴、不做财奴，追寻梦想，过自己想过的生活，这就是我们活得快乐、笑得开心的原因。

童话小屋·德国乡村

Happy backpackers

I will accompany you to travel around the world

四、背包客的思考

背包走世界不是“傻玩儿”。去一个陌生的国度，挤挤公交车，逛逛菜市场，找人聊聊天儿，看看别人怎样生活，然后问自己：我们追求什么样的生活？

墨西哥：文明冲突与文化融合

1. 教堂里的婚礼

墨西哥城的宪法广场，号称世界第二大广场。广场中央，一面巨大的国旗迎风飘扬，四周环绕着殖民地时期的古老建筑，散发着浓郁的中世纪西班牙风情。

离圣诞节还有一个月，人们已经开始用花环、彩灯、圣诞树装点广场和建筑物了。白天游人如织，夜晚更加热闹。

始建于1573年的大主教大教堂，位于广场北侧，历经沧

墨西哥印第安人舞蹈

桑，仍然雄伟挺拔、庄严厚重。

夜幕降临，我们走进教堂。白天看上去气势恢弘的穹顶、磐石般坚实的立柱，在夜色中变得深邃而庄严。烛光摇曳，映照着四壁的圣母、圣徒、天使，朦胧中更显静穆而神圣。这已经是我们第三次参观这座教堂了，一进门，整个人就笼罩在了浓浓的宗教氛围中。

教堂内正举行一场婚礼。远远望去，一对新人站在礼拜坛上，亲朋好友簇拥在周围，虔诚地倾听神甫的祝福祈祷。新娘是一个金发碧眼的姑娘，身披淡蓝色婚纱，微微低头，安静地站在新郎左侧。轻柔的圣乐，回绕在空旷的礼拜堂。高贵、优雅、圣洁，恍若童话中灰姑娘与王子的婚礼。

不知道这是今晚教堂里第几场婚礼了，刚才在教堂门口，就看见一辆超长婚车缓缓离去，留下满地花花绿绿的彩纸碎花。晚上举行婚礼，平生还是第一次遇到。

教堂外则是另一幅市井喧嚣的景象。虽已晚上8点多，广场上依然人潮汹涌。教堂两侧的花坛旁及步行道上，熙熙攘攘。放眼望去，印第安风情的各种器物、纪念物摆满路边，身着民族服饰的小贩，以他们特有的方式招揽顾客。

空气中弥漫着奇异的草香。转眼望去，花坛前，一个土著人正用一束草帚拍打另一人的全身，地上堆放鲜花、点燃着一种特殊的草，烟雾缭绕，草香就是从那里发出的。由于语言不通，不知怎么回事，像是驱鬼祭神仪式。观看良久，猜测可能是除病驱邪吧。几个人在旁排队等候，前面的人付钱离去，后面的人接着重新开始。同样的场景附近还有几处。

阿兹特克舞蹈，印第安风情十足。几十平方米的空地上，中间放置祭品、鲜花、架子鼓。指挥者在鼓架旁挥舞鼓槌，激情四射。十几个舞者，身穿五彩服装，头插羽毛，腿绑脚铃，随着节奏强烈的鼓点扭动身躯，狂野、奔

大教堂镇压着大神庙·墨西哥城

放、神秘。他们跳得那么投入、那么持久，给人的感觉，不是在跳舞，而是在用舞蹈向世人述说这个民族久远的历史和他们独特的生活方式。

警察也是一道亮丽的风景。广场上、街道上、旅游景点，许多荷枪实弹、身穿防弹衣、全副武装的警察来回巡逻。在北京时就听说，墨西哥城治安不好。从美国迈阿密飞墨西哥坎昆的第二天，一个在当地经商的华人老板对我们说，墨西哥城经济每况愈下，政局不稳，偷和抢是正常的。吓得我们一过下午四点就回旅馆，不敢出门了。

后来发现，事实上并没有那么可怕。在据说治安最乱的墨西哥城，我们一共待了八天，遇到三次较大规模的示威游行，每次当局都出动大批防暴警察，防止事态失控。

电视上偶有恶性刑事案件的报道，但主要是涉毒案件。由于警察众多，重要路口都有治安部队，针对一般游客的偷抢案件就少了。即使晚上上街，只要不是太晚、不到太偏僻的地方，也还是安全的。

世俗与神圣、美丽与丑陋、现代与传统、和平与暴力，奇妙地混合在一起。不同人种、不同服饰、不同文化交会融合，勾勒出一幅五彩斑斓的图画。这就是墨西哥城，一个绚丽多彩的地方，它不断刺激你的感官，让人流连忘返。每天都有惊喜，处处都有新鲜，让你的精神始终处于亢奋状态。

白天，我们到景点去游览，在大街小巷闲逛。晚上回到旅馆，翻看资料或上网，脑子里不停地琢磨：墨西哥城，你怎么会是这个样子？

2. 英雄创造历史

庄严雄伟的大教堂正门前，许多人抬头仰望高耸入云的钟楼，那神态，像是竭力向上、竭力靠近上帝。可谁又能想到，大主教教堂的下面，镇压着另一个更古老的人类文明。

四百多年前，宪法广场是阿兹特克帝国的政治文化中心，印第安人的神庙、祭坛、王宫及其他建筑环抱广场。

1492年哥伦布发现新大陆时，印第安人已遍布南、北美洲各地，人口估计为1400万～4000万。其中有两个最大的政治文化中心：一是阿兹特克帝国，它以现今墨西哥城为中心，拥有人口500万；另一个是印加帝国，它以今天的秘鲁库斯科为首都，拥有人口600万。至于广为人知的玛雅文明，则在阿兹特克人之前就已经消亡而被后者取代了。其他规模较小但数量众多的印第安人部落，零星散落在广阔的南北美洲大陆上。

1518年，西班牙人科尔特斯率领600人的探险队，征服了拥有500万人口的阿兹特克帝国。1531年，另一个西班牙人皮萨罗，率领不足200人的军队，征服了拥有600万人口的印加帝国。从此，曾是美洲大陆主人的印第安人，再也没有恢复他们虽相对落后，却也辉煌的古代文明。

经历了殖民者的血腥屠杀、残暴奴役，特别是欧洲人携带来的土著人不具有免疫力的致命病毒的侵袭后，印第安人大量死亡，幸存下来的人口仅仅不到原来的十分之一。

科尔特斯拆毁了印第安人的神庙祭坛，用拆下来的石材建造了大主教大教堂。1913年，在教堂后面，偶然发现一处延伸入地下的阶梯，经部分发掘，确定这里就是当年阿兹特克帝国首都特诺奇蒂特兰城（后来的墨西哥城）的中央大神庙。

墨西哥城历史区，已被联合国教科文组织列入世界文化遗产。这份沉重的遗产，却包含了一个文明对另一个文明的毁灭。神庙的主体部分继续压在教堂下面，恐怕永远不见天日了。欧洲人不仅在军事上征服、政治上统治了新大陆，而且，他们的语言、宗教、文化全面占领了南北美洲。

有人说，科尔特斯、皮萨罗，甚至还有哥伦布，是凶残贪婪、杀人如麻的刽子手，也有人说，他们是开创新世界的英雄。不管后人如何评价，以下事实不容置疑：

从欧洲人登陆美洲的那一刻起，历史就翻开了新的一页。不仅是南美洲和北美洲，而且是整个人类世界。陆续崛起的欧洲列强，在疯狂争夺新大陆的同时，开始持续大量向外移民，疏解了欧洲人口爆炸的巨大压力，以及资源不足、市场狭小的问题。几十年、几百年后，在大西洋彼岸的地平线上，诞生了一个又一个新的国家。墨西哥，只是其中一个而已。

3. 百姓传承文化

在血腥、残暴的殖民征服之后，墨西哥城经历了400多年不同人种、不同文化的大混血、大交流、大融合。今天，墨西哥城人口超过1亿，其中60%是印欧混血，25%是印第安土著，只有15%是白人。由此形成了一个混血人种为主、多元文化并存而又以拉丁文化为主导的奇妙、丰富多彩的国度。

要了解墨西哥普通百姓的精神生活和内心世界，就一定要去瓜达卢佩圣母堂看看。瓜达卢佩圣母是一位有着黑头发、黑眼睛、褐色皮肤的圣母，是所有基督教圣母中唯一的有色人种。正是这位圣母，赢得了墨西哥人毫无保留的信仰，成为墨西哥人的精神支柱。

12月12日，是瓜达卢佩圣母节，据说非常热闹。可惜，我们已经预订了12月8日飞美国旧金山的机票，无缘参加这次盛会了。作为弥补，决定提前选择一个礼拜天去看看。

从宪法广场乘坐地铁，倒三次车，出地铁站再步行约一公里远，就到圣母堂了。上午10点多，我们走出地铁站，迎面便见人潮涌动，比春节时北京龙潭湖的庙会还热闹。

通往圣母堂的路上，店铺林立，留出窄窄的通道，挤满了朝圣的人群。店铺售卖各色小吃、小商品，但最多的是与宗教有关的圣像、圣物等圣品。空气中洋溢着喜庆而又肃穆的气氛。许多人手拿鲜花、圣像，还有人怀抱与自己身高差不多的圣母塑像，扶老携幼全家出动。看到这种场景，真难以想象，到了圣母节或圣诞节那一天，这里会是何等热闹的场面。墨西哥人的宗教热情，真让人叹为观止。

我们随着人流，在狭窄的通道上慢慢前行。半小时后，终于走进大门，来到宽阔的圣母堂庭院。

瓜达卢佩圣母堂坐落在特佩亚克山脚下，是由主教堂、附属教堂及其他宗教建筑组成的宏大建筑群，从山下一直延伸到山顶。主教堂原是罗马风格，因地震倾斜，在旁边又修建了一座更为宏伟的现代风格圣母堂，能容纳近两万人。作为墨西哥城天主教的象征性主座，曾接受罗马教皇的弥撒巡礼，被誉为天主教三大奇迹之一。

我们到达时，圣母堂内正举行盛大的礼拜天弥撒。人太多，好不容易挤进去，发现排椅、跪凳上早已座无虚席，只好和许多人一样站立在后面。其实，这并不是今天唯一的弥撒。教堂为满足信众的需要，一天内要连续做好几场弥撒。

教堂内部装饰，比传统的罗马式、哥特式略显简朴，但仍然营造了庄严肃穆的气氛。圣坛上供奉着瓜达卢佩圣母像，还有圣品、圣物，悬挂着墨西哥国旗。仪式开始，人们虔诚严肃，如此多的人聚在一起，竟然非常安静，牧师的声音听得十分清晰。仪式的最后是领圣餐，我们跟随信众排队，缓步走到祭坛旁，一位神职人员把一小片食品放进我们嘴里，味道有点儿像威化饼干。

来教堂做礼拜的人，多数是有色人种。虽然少部分印第安人在服饰、饮食上坚守固有传统，但在精神上，墨西哥人彻底放弃了原始宗教，皈依了天主教。今天，包括土著印第安人在内的全部墨西哥人，90%以上信奉天主教。

墨西哥人皈依天主教，是从一个传说开始的。西班牙人征服阿兹特克帝国十年后，

1532年12月9日，一个名叫胡安·迭戈的土著人，在去特佩亚克山的路上，遇到了褐色皮肤、浑身闪着光芒的圣母。圣母对迭戈说："我是圣母，请你告诉大主教，在这里为我建立一座教堂"，并送给他一束艳丽的玫瑰作证明。迭戈诚惶诚恐，用衣服包着玫瑰赶到大主教那里，报告了圣母显灵的情况，随后大主教命令在圣母显灵的地方建造了教堂。这就是圣母大教堂的来历，胡安·迭戈的那件见证奇迹的衣服至今还供奉在新圣母堂的中央祭坛上。

在我们这些无神论者看来，上面的故事一定是西班牙殖民者进行文化侵略的花招，编一个故事，从精神上奴役穷苦的印第安人。不管怎么说，从那时起，土著人就逐渐放弃了自己的原始宗教，真诚信仰了天主教。

不仅如此，土著人还按自己的想法对外来的天主教进行了改造，融入了印第安文化的元素。应该说，瓜达卢佩圣母就是两种文化融合的结果。后来，我们在美国西南部的几个州游历，看到那里的印第安土著也信仰瓜达卢佩圣母。在陶斯镇，印第安人用土坯建造的教堂内，瓜达卢佩圣母供奉在主座上。12月25日，我们在洛杉矶圣母大教堂参加圣诞节弥撒，这里也供奉着瓜达卢佩圣母。

有一种观点认为，一个文明取代另一个文明，从来不可能以和平方式进行。我们去著名的墨西哥城人类博物馆参观，看到的是两种异质文化的交融，既有血腥残暴的一面，也有和平温馨的一面。经历了漫长的历史过程，土著印第安人及他们的混血后裔，真诚皈依了天主教，并把它融入自己的日常生活中，代代传承，润物细无声，铸就了他们新的灵魂，成为他们新的精神支柱。

作为曾经的美洲大陆主人，印第安人在与其他大陆隔绝的情况下，独立创造了伟大的玛雅文明、印加文明、阿兹特克文明，还有托尔特克、查文、莫奇卡、蒂亚瓦纳科文化等，如今都已成为历史的遗物，躺在博物馆里供人们欣赏或凭吊了。

如何评价这一段人类历史？不同立场、不同视角，会给出不同答案：西班牙殖民者会说，这是一个先进文明取代了一个愚昧、落后文明；土著印第安人会说，这是丧失人性的种族大屠杀；马克思主义者会说，野蛮的殖民者不仅用武力占领了美洲，而且用精神鸦片奴役了印第安人民。

如果站在普通墨西哥老百姓的立场，会怎么说呢？他们愿意过原来印第安人的生活，还是现在墨西哥人的生活？人民最有发言权，因为现存的、活生生的墨西哥文化，正是由现在一亿多墨西哥人民在他们琐碎的日常生活中继续演绎着，传承着。

至少表面上看，墨西哥人的生活是快乐的。我们走了墨西哥八个城市，从尤卡坦半岛密林中的梅里达，到中央高地17世纪银矿小镇瓜纳华托，每个城市都有一个索卡洛广场，每个广场都有一座大教堂，这通常是公共活动的地方。令人惊讶的是，几乎每个广场每天都有歌舞，每天都有欢笑。墨西哥人不愧是一个热情奔放的民族，墨西哥不愧是一个欢声笑语的国家。

4. “拉美病”与可持续发展的文化内涵

宪法广场东面的国民宫，是墨西哥城必看景观之一。这里曾是阿兹特克国王的宫殿，被西班牙人摧毁后改建为议会大楼，至今仍行使着国家政治中心的职能。每年9月15日国庆日前夜，墨西哥总统站在国民宫阳台上，面对宪法广场集会的民众高呼：墨西哥万岁！独立万岁！数万民众群情激昂，跟着高呼：墨西哥万岁！独立万岁！

到国民宫参观不收门票，但我们去了三次才得以进入。第一次遇上议会开会，暂时关闭；第二次碰上示威游行，防暴警察封锁道路；直到第三次才顺利进去。

参观国民宫，最重要的是看著名画家迭戈·里维拉的巨型壁画《墨西哥的历史》。里维拉秉持高度忠于历史的精神，用他的画笔，真实再现了墨西哥历史上文明的冲突、文化的融合、国家的独立和工业化进程。

遗憾的是，壁画没有完成，原计划覆盖整个大楼的走廊内壁，不知是什么原因，画到一半突然停止了。

今天的墨西哥乃至整个拉丁美洲，在现代化道路上并不顺利。经历了一段高速发展时期、人均GDP达到3000美元后，由于社会发展没有与经济增长同步进行，患上了“拉美病”：贫富悬殊过大、社会矛盾激化、政治局势不稳、治安每况愈下，阻碍了经济的进一步增长和现代化的进程。

是什么原因导致墨西哥及其他拉美国家得了“拉美病”？

有一种观点认为，国家的竞争，归根结底是文化的竞争：经济决定国力，制度决定经济，文化决定制度。英美等一流资本主义国家成功的最终根源在于新教文化；而南欧及拉美国家沦为二流资本主义国家，最终根源就在于拉丁文化本身。

我们不讨论这种观点是否有道理。但有一个事实令人深思：墨西哥国家独立时，其

对峙

领土比美国最初独立时大得多，后来在美墨战争中，被美国抢去相当于现在版图两倍的国土。加利福尼亚、亚利桑那、新墨西哥、得克萨斯，这些曾经是墨西哥偏远荒漠的地方，并入美国版图后，经济和社会发展水平远远超过了墨西哥最发达的地区，以至据说有300万墨西哥人冒着种种危险偷渡到美国去打黑工。

今天墨西哥文化的精神内涵，是历史演变的结果。历史上每一个重大事件，都给这个民族的文化注入新的内容，潜移默化，代代相承，铸就了今天墨西哥人的民族性格。

“纽约是徐娘半老，上海是18岁的姑娘”

1. “美国人很简单”

都说美国是汽车轮子上的国家，但这主要是指私家车。除少数城市和地区外，火车、公交车等公共交通并不发达。所以，到美国自助游，最好的方式是租车自驾。

从没有在国外开过车，突然要在世界第一汽车大国长途自驾，脑海里顿时浮现出一连串问号：中国驾照能不能使用？交通规则有什么不同？车况路况怎样？怎样保障行车安全？

尽管做了长时间准备，还是有许多担心，心里充满焦虑。第一关是租车。网上有帖子说，租车手续很简单，就像到商店买商品一样。可还是担心，特别是我们英语水平太差，在无法与人有效沟通的情况下，能不能顺利租到车，真得打个问号。

在国内，先从网上预订了赫兹公司的车。到了旧金山，为保万无一失，事先踩点，观察了租车公司的位置，模拟与业务员进行对话，心中反复默念。到了预定的提车时间，忐忑不安地走进租车公司。

没想到，事情办得很顺利。当日值班的两名营业员中，有一位40多岁的华裔美国

纽约时代广场

纽约华尔街证交所

妇女，她十几岁时从广东台山移民到美国，会讲广东话、普通话、英语。当然，她用中文给我们介绍了租车流程。

后来才知道，可能是因为租车的中国人日渐增多，也可能是因为旧金山的华人多，这里的租车公司雇用了不少会讲中文的员工。

办好租车手续后，我们问华裔女业务员：在美国开车，需要注意什么问题。她没有正面回答，只是说："没问题，我去北京旅游，不敢自己开车。在美国没问题，美国人很简单。"

轻描淡写一句话，却在我们心里留下深深印记，一路上都在想："美国人很简单"是什么意思，这与开车有什么关系？一个在美国生活了三十多年、又在一家著名租车公司工作的华裔美国人，却不敢在北京开车，这又是为什么？

从大蒂顿国家公园到黄石国家公园那段路上，遇到了修路，双向车道变成了单行道，汽车排成长龙。

山区天黑得早，虽是下午4点多，天色已暗，不由得心里着急，害怕天黑以后找不到合适的旅馆。其实超车很容易：车龙一侧还有很大空间，足以容纳三辆车并排行驶。心想，为什么没人超车呢？只要有一辆车超车做榜样，我们马上跟进。

令人失望的是，没有一辆车往前挤，也没有一辆车插队。在远离城市的山区公路上，没有警察，只有一位修路工人，举着一块两面分别写着“Slow”“Stop”的红色牌子，轮流单向放行。长长的车龙，就那么缓慢而有序地向前行。虽然感觉车速很慢，实际通过这段路程，并没用太长时间。

有一次，在40号州际高速公路亚利桑那州段，因沙尘暴引起车祸导致了十几小时的大塞车，我们夹在车流中间动弹不得。双向车道中间的隔离带是略微凹陷、宽约20米的草地，从技术上说完全可以驶入草地进行超车或朝反向掉头，却没有一辆车那样做。那天堵车十几个小时，一直到深夜才到达驻地。

上海外滩

记得有一年从八达岭长城回北京，在康庄段遇到大塞车，司机们见空就钻，结果挤成了大疙瘩，谁也走不了。当地村民突然发现了财路，帮司机有偿引路绕行，结果村子里的大道小路也都挤满了车，一直从白天堵到夜里。

在美国、加拿大开了52天车，行程近2万公里，再回到北京的环线上，明显感到有点儿不适应了，说不上是哪儿不对。北京环线上开车，经常见有的车来回变线、窜来窜去，也未见快了多少。在美国，这种现象不能说没有，但总体上要少得多。

简单的美国人因遵守交规而提高了道路的整体通行率；聪明的中国人把过多心机使在了钻空子上，反而降低了道路的整体通过率。我国的汽车产销率已达世界第一，但在发展汽车文化、培育良好的驾车道德方面，还差得很远。

2. 美国的人际关系

有人说，美国人的性格像大男孩，没那么圆滑、世故，没有很深的城府。

在科罗拉多州丹佛市，我们与两个在麦当劳餐厅做暑期工的中国大学生小刘和小梁聊天，谈起在美国工作的经历，感受最深的是人际关系与国内有很大不同。小刘木讷老实，干活卖力气；小梁生性活泼，擅长交际。餐厅老板平时与小梁开玩笑没大没小，给人的感觉，二人关系密切；小刘只知闷头工作，和老板说话不多。但做结业评语时，小刘得到老板很高的评价，对小梁的评价则属一般。

在奥兰多，我们碰见几位在迪士尼乐园实习的上海年轻人，讲了差不多同样的故事。美国人习惯于把工作与玩乐分开，把对人的评价与私人关系分开。想通过与老板套近乎获得赏识，在这方面，美国人真的很不开窍。

通过比较，这些年轻人得出的结论是，美国人只要努力奋斗，就有成功的机会；中国人除了奋斗，还要会搞关系。游离于关系网之外的个人奋斗，在美国容易成功，在中国却困难重重。

小刘说，在美国不能说没有种族歧视，但人们看到，黑人经过奋斗也能成功。奥巴马是许多人的偶像，有一个黑人，为了激励自己，取名叫奥巴马。一个中国人则玩起了中国式幽默，给自己起名字叫“奥巴牛”。

都说中国是“关系社会”，这并非绝对坏事。良好的人际关系和人脉资源，是生意成功、职务晋升不可或缺的资本。关系网密切了人际关系，小的关系网相互连接，盘根错节、纵横交错，构成了更大的社会关系网，由此形成了中国特色的等级、服从、纪律、秩序，提高了全社会的凝聚力和整体竞争力。

短短两百多年历史，美国人还是太嫩了。与悠悠五千年历史的中国人相比，只是个大男孩儿。中国人圆滑、老辣；美国人简单、直率。在国际关系和国家利益上，美国也绝对是“简单的实用主义”，对其他国家指手画脚，充当国际警察。奥巴马直言不讳地说，美国不能接受当老二。中国人含蓄，知道力不如人，就韬光养晦。美国人哪懂这个呢。

可是，中国人对自己人，也常常把聪明劲儿用在了搞关系上，内耗不断。为了营建自己的关系网，钩心斗角，仰人鼻息、吹牛拍马。

简单的美国人为什么能在高科技方面遥遥领先？聪明的中国人为什么难以培育出诺贝尔奖获得者和让人佩服的大师？这实在是值得深思的问题。

3. 禁酒令、博彩业、色情业

在飞往旧金山的飞机上，我们与邻座一位华裔美国人聊天。谈起美国人的生活方式，他说，美国社会其实很保守，美国人的生活方式很简单。这位40岁左右的中年男子，在硅谷一家高科技企业做技术和管理工作，属于所谓成功人士。按说，他的观点应该有一定代表性，却让我们大惑不解。

我们这一代人，从小到大几十年受的教育使我们认为，美国资本主义社会的主要特征是极度两极分化；美国生活方式的主要特征，是极度腐朽堕落，灯红酒绿、纸醉金迷、糜烂透顶。事实真相如何呢?

一次我们逛超市，买了很多食品，最后还想买瓶啤酒或葡萄酒，却怎么也找不到酒柜货架。问售货员，回答说这里不卖酒。后来才知道，在美国、加拿大，烟酒属于控制性商品，一般商店、超市不卖烟酒，只有在专卖店或酒吧才能买到。

对于酒鬼烟民来说，美国、加拿大真不是天堂。我们走过美国16个州、加拿大4个省，发现许多地方禁酒、禁烟。不光限制卖烟酒的地点，年龄也有严格限制，喝酒抽烟的地点、年龄也有严格限制。在饭店、餐馆吃饭，看不到有喝酒的人，也从未碰到过像北京三里屯那样的酒吧一条街。相比之下，酒吧比咖啡店少得多。

奇怪的是，美国人18岁成年后可以买枪，我们在内华达州号称“世界第一小镇”的里诺，看过一家枪支专卖店，各式各样的枪械摆满柜台，成排地挂在墙上，几个男子在选

拉斯维加斯的一家赌场

购。然而，美国人21岁之前却禁止饮酒。前总统克林顿的女儿就曾因饮酒而惹上官司。

博彩业在美国一些州不合法，在另一些州合法。我们参观过许多赌场，除了人们熟知的拉斯维加斯、大西洋城外，还有一些小城镇的赌场。在美国西南部高速公路沿线进出口附近，常有印第安人开的颇具规模的赌场。据我们观察，赌场管理严格，秩序良好。过往的卡车司机，常把这里当做歇脚的地方，顺便小赌一把。

色情业也是如此。我们看过欧洲和北美的一些色情业场所，包括阿姆斯特丹红灯区、巴黎红磨坊、拉斯维加斯艳舞赌场，尽管显得光怪陆离，但管理严格，局限在较小的地方。或许是中国人对“涉性”问题敏感，习惯于用放大镜观察，结果是，这些并非主流却极具诱惑性的场所及活动，在中国人眼里，往往被无限放大，以至人们认为那就是西方生活方式。

其实，占人口84%的中产阶级的生活方式，才是美国生活方式的主流。观察美国中产阶级的生活，有两个最佳视角：一是周末、节假日的业余活动，二是居住地寓所日常的起居生活。

据我们观察，与家人一起外出度假，参加户外活动特别是各类体育运动，是美国中产家庭的主要业余活动。

美国有52个国家公园及国家保护区、国家娱乐区，还有不计其数的州立公园、保护区、娱乐区。区内有完善的户外活动和安全设施，可供人们露营、远足、爬山、骑车，还有年轻人喜欢的攀岩、滑雪、攀冰、热气球、滑翔伞，等等。

我们游览了美国、加拿大的二十多个国家公园及其他乐园。每到周末或节假日，这些地方都人流大增，导致公园内或周边旅馆房价上涨。美国人出游，常常开房车去露营，或者去海边、湖边的度假胜地玩私家游艇。迪士尼乐园那样的地方，通常是全家老小齐出动。至少从表象上看，这些地方才是中产家庭的主要娱乐场所。

美国城市的功能与郊区小镇不同，前者是工作区，后

美国里诺一家枪支商店

者是生活区。中产家庭居住的地方，大多在城市郊区或周边小城镇。每到周末节假日，市区成了空城，主要活动就转移到了郊区小镇。

我们走过无数小城镇，发现美国小城镇的结构布局千篇一律、大同小异：主街无非是超市、快餐店、咖啡馆、美容店、购物中心、大卖场、加油站之类；周边是环境优美的住宅区，独立民居小院常由绿地包围，但没有围墙或栅栏。

由于是自驾游，我们经常投宿在小城镇汽车旅馆，这让我们有机会观察中产家庭的日常生活。小城镇的特点，可以用四个词概括：舒适、方便、安静、平淡。这里都是矮平房，没有高层建筑，也没有娱乐场所。小城镇居民睡得早、起得也早。通常晚上不过10点，已经家家灯火全无，寂静无声了。

4. “美国没什么好玩儿的”

一位在旧金山硅谷工作的华裔中年男子告诉我们，他们的日常生活很简单，白天紧张工作，下班开车回家，看一会儿书或电视，就早早洗漱睡了。第二天早早起床去上班，继续为自己和家人的前途打拼，所以小城镇很少有夜生活。

美国最初是由清教徒建立的，清教精神作为美国的立国精神，提倡勤劳工作、节俭生活，认为这样才能增加上帝的荣耀。许多中产家庭恪守清教徒传统，提倡禁欲、节俭，敬畏上帝，并形成了强大的社会舆论环境，约束了人们的行为。这或许是美国中产家庭生活方式简单的深层原因。

加拿大也是如此。我们游览完贾斯珀国家公园，察看下一个旅游目的地，发现一个叫乔治王子城的地方。浪漫的名字，让人想入非非，心想那一定是个古典、浪漫、充满欧洲中世纪风情，又有西部牛仔冒险精神的小镇。于是又向北驱车400多公里，来到乔治王子城，结果却令人失望，又是一个单调的小镇。

美国、加拿大的小镇，建筑风格简洁明快，注重功能性而弱化装饰性，虽然具有满足一方居民日常生活需要的功能，但情调千篇一律，远没有欧洲小镇那种让人无限遐想的文化内涵，更没有中国古镇历史久远的厚重感。倒是连锁经营的商店、便利店、餐馆，都有自己各具特色、艺术性很强的招牌、广告，显得摩登而又雅致，也算是小镇不可或缺的一道风景线吧。

相形之下，快速发展的中国城市，夜生活要丰富得多、刺激得多。在纽约，我们参加了当地华人旅行社组织的“美东七日游”旅行团，团内有两位熟悉国内夜生活的游客，经过亲身经验对比，感到反差很大，抱怨美国的夜生活太过平淡、太缺少刺激了：“美国其实没什么可好玩儿的。”

在中国，夜生活之所以兴旺，原因之一是它具有强大的商业功能。谈生意成功率最高的地方不是办公室，而是饭桌上。为了经营、维护关系网，应酬交际活动特别多。吃饭、喝酒、唱歌、桑拿、洗头、足浴、按摩，一条龙服务。

5. “纽约是半老徐娘，上海是18岁的姑娘”

从美国旅游回来，常有朋友问，美国有什么好玩的？这是个很好回答也很难回答的问题。为什么？

从旅游的视角看，如果你是从一个偏僻的乡村到了一个现代化的都市，你会觉得那是天堂般的地方。记得在西藏旅游，一个藏民说，他到上海去玩儿，感觉到了人间天堂，灯红酒绿、花花世界，像生活在梦幻里一般；而北京、上海的驴友到了西藏，觉得那才是离天堂最近的地方。

同理，如果你是国内大城市的居民，到美国城市去观光，会觉得美国也不过如此，许多方面还不如中国。在纽约，一位当地华人旅行社的老板对我们说：“与上海相比，纽约是徐娘半老，而上海是18岁的姑娘。”你去华尔街看一看，明显有一种感觉，在金融危机冲击下，不可一世的华尔街已显露些许疲态。美国人自己也不断写文章，说美国衰落，狼真的来了。

对于在中国大城市生活的人们来说，美国的城市面貌，已不再有令人艳羡的新鲜感。如果排除文化和人种的差异，无非是高楼大厦、滚滚车流、霓虹灯闪烁的浮华世界。即使到了拉斯维加斯，也不过是多了些公开合法的赌博游戏。

但是，美国真的衰落了吗？18岁的姑娘青春靓丽但尚显青涩，半老徐娘眼角初现鱼尾纹却风韵犹存。

中国一家大型国企与美国一家跨国公司作技术交流，派许多工程师在休斯敦学习一年。我们与一位工程师聊天，说这里可以学到很多东西吧？不料，这位工程师十分悲观，忧心忡忡地说，美国人的核心技术绝不让中国人接触，差距太大了。

美国人更具有忧患意识，未雨绸缪。当年日本经济泡沫吹得天大，美国人惊呼：日本人要把整个美国都买下来了！逼日元升值，结果日本经济跌入了二十多年的衰退。

今天，中国人天天都在做崛起之梦，却不认真看看，如果从物质、制度、精神三个层面全面比较，我们与西方还有多大差距？我们能缩小差距并超越吗？

衰落的贵族与暴发户

1.欧洲人怎样看中国人

那天，我们在巴黎香榭丽舍大道闲逛，随意走进一家展示雪铁龙高档轿车的商店。

正当我们为一辆漂亮跑车照相时，楼上走下六七个东方人，为首一人走在中间，神态倨傲；两旁有人侧身引

庞贝遗址·意大利

导，低声为他讲解着什么。他们个个身着深色西装、雪白衬衫、漂亮领带、皮鞋锃亮，如同出席国家级豪华晚宴一般。

这套行头，与明光锃亮的展车展柜倒是般配，但与其他顾客的那份儿轻松、悠闲一比，就显得太做作、太惹眼了。不就是逛商店吗，有必要那么一本正经显示身份吗？

我们从神态气质断定这是中国游客，就问其中一个戴眼镜的年轻人：从中国来？低声回答：是。商务考察？来学习的。那位是？我们的某某长。他还告诉我们，这是某省一个高级代表团，公务结束，特地来世界上最美丽的大街看看。

我们实在不知道，是谁授予了这条大街“世界之最”的头衔。是不是在这条大街炫耀一下，自己也成了世界之最呢？其实，现在北京、上海的不少商业中心完全可以与香榭丽舍大道相媲美。

在布鲁塞尔市政大广场，我们见到一个来自国内某省的二十多人旅行团，人人手里提着一两个大纸袋，坐在广场边的马路牙子上，一脸疲惫。广场上人头攒动，这些人的举止分外扎眼。

我们走上前去聊天，问你们买的什么？答曰巧克力。买这么多巧克力？导游说这是厂家直销，便宜。这么多巧克力吃得了吗？导游说，这是世界著名巧克力厂家的产品，回去送礼多有面子。声音中透露出一种满足。

我们无言以对。难怪那些人占了你们便宜，还骂你土得掉渣儿。

中国人在普通欧洲人心目中的形象，部分来自游客。不知道这两个例子中，中国人是否给人以土财主、暴发户的印象。但话又说回来，有必要太在乎欧洲人对我们的看法吗？我们自己又是怎样看欧洲人呢？

法国南部的阿尔勒，有一处世界文化遗产，那里有规模稍小的古罗马斗兽场、古罗马剧院，以及其他古罗马时代遗迹。意大利罗马城的游客太多、太喧闹了。我们想找一个游人不多的小地方，安安静静，去体味一下那段久远历史的辉煌和风情。

当我们从地图上找到阿尔勒时，觉得这一定是个能让人大发怀古幽情的好地方。

我们坐火车从阿维尼翁出发，一小时左右就到了阿尔勒。

斗兽场尚在开发、修缮，各种工程机械隆隆作响，脚手架、护栏也破坏了景观。我们一下子没有了心情。草草看了一下就离开景点，往市区走去。

城镇很小，我们绕城走了一圈，除火车站到斗兽场一段路稍有人气外，其他地方冷冷清清，显得荒凉破败。走在街上，看着墙皮剥落的老街老房子，心境也不觉悲凉起来。

来到古罗马剧场遗址，这里情况还不如斗兽场。眼望着工地，我对老婆说，后人不争气，不得不再去吃老祖宗的饭。老婆说，那有什么？中国的阿Q都说过：我祖上也曾经富过。

沉重的文化遗产，不知是拖拽社会倒退的包袱，还是承载历史前进的车轮。

从欧洲回来，有朋友问，能否用一句话概括对欧洲的印象？

这真的很难。雅典的光辉灿烂、罗马的雄浑壮丽、巴黎的色彩斑斓、巴塞罗那的奇思妙想、柏林的死而复生，都给我们留下难忘的印象。

可是，一路上想得更多的一个词是：衰落的贵族。这个词反复出现在脑海中，挥之不去。

乘火车从丹麦首都哥本哈根出发，通过欧洲最长的跨海大桥厄勒大桥，不过半小时，就来到瑞典南部城市马尔默。

在马尔默老城区参观一座教堂时，偶遇《21世纪经济导报》记者熊小姐和她的瑞典同行、一位从事环保研究和报道的女记者。熊小姐做翻译，在教堂里聊起了环保和旅游问题。

法兰克福·欧洲中央银行

谈到在欧洲旅游的感受，我说，欧

葡萄牙波尔图

洲正走向衰落。瑞典女记者也有同感。我说，欧洲人有四大爱好：喝咖啡、泡酒吧、看足球、晒太阳。生活太过悠闲，是衰落的表现之一。

瑞典女记者不以为然，她说，欧洲许多国家实行错时制和弹性工作制，每个时间段都有人休息，所以从早到晚都能看到有人在喝咖啡、泡酒吧、晒太阳。争论当然没有结果。可是，这个问题一直在我们脑子里打转。

其实，说欧洲老了，是美国人的发明。老欧洲的说法，让欧洲人感到羞辱。但正是浅薄、没有历史底蕴的美国，取代欧洲成了西方文明的领袖。

现在的欧洲，就像衰落的贵族；而欧洲人对中国人的看法，就像衰落的贵族看新崛起的暴发户。我们知道这个比喻并不贴切，甚至错误。但真的找不出更准确的词，来描述那种无所不在、多种情感交织一起，矛盾、复杂、微妙的心态了。

这种感受，只有近距离接触欧洲时，才能体会得到。很多情况下，只能意会，不可言传。

在萨尔茨堡，2008年欧洲杯足球赛复赛，德国人踢赢了土耳其人，一队德国球迷在街上狂欢庆祝。见我们的摄像机镜头对着他们，像人来疯的小孩子一样，又叫又跳，嘴里冲我们直喊：日本人！日本人！我说，我们是中国人！这些人先是一愣，然后安静下来，走开了。这情景，深深刺痛了我们的心。

我们曾与一对长期在加拿大、英国居住和工作的华人夫妇，讨论普通西方人对中国人的看法。他们的感受是：很复杂。表面上他们对你很尊重，偶然也有欣赏，但"心里是酸酸的"，五味杂陈：有冷漠、有轻蔑、有嘲笑、有不屑、有嫉妒、有焦虑、有恐惧、有无奈。

这是典型的衰落贵族看暴发户的心态。围绕北京奥运会，这种心态更是暴露无遗：抵制奥运、支持藏独，还有沙朗·斯通们的胡言乱语。

不知道在殖民扩张时期，欧洲人是否也过得很悠闲。主观臆想，那时的欧洲人，野心勃勃、到处扩张，恐怕也没有那么多时间去喝咖啡、泡酒吧、晒太阳吧。现今的欧洲人，早已没有了几百年前的那种斗志和进取心。

而现今的中国人，个个都在忙着赚钱。喝酒吃饭，目的也是赚钱。虽然乱了一些，但充满生机和活力。

或许，我们是乡下人进城，还有点儿土，那是因为我们丢失了百年时间，匆匆赶路，来不及拍打身上的尘土。我们正在爬坡。要紧的是走好自己的路，对走下坡路的那些人的冷嘲热讽，何必那么敏感呢?

这个世界，变化真是快。

三年前，我们从欧洲旅行归来，写了一篇博文《衰落的贵族看暴发户——欧洲人怎样看中国人》。

三年中，我们又游历了北美、南美、澳大利亚等许多地区和国家，发现"贵族"和"暴发户"现象不但没有消失，反而愈演愈烈。

欧洲衰落，已是不争的事实。在国家层面上，表现为欧债危机；在社会层面上，表现为人们懒得不愿干活儿，还想继续享受高福利，过贵族的生活。

欧债危机的本质是制度危机，过度福利制度养了大量懒汉。一个人“从摇篮到坟墓”，都有国家福利包管，他还有努力工作、创造财富的动力吗？

在葡萄牙大西洋沿岸小镇法鲁，一个华商老板告诉我们，星期天，所有商店都关门，唯有华人商店不休息。为此，当地人上街游行，抗议中国人抢了他们的饭碗。

无独有偶，在大西洋彼岸，美国议员也指责中国人抢了美国人的工作。

中国崛起于勤奋，欧洲衰落于懒惰。

欧洲应对危机的办法，靠紧缩财政消减赤字，是治标不治本。什么时候砸了“欧式铁饭碗”、端掉“欧式大锅饭”，给实体经济注入活力，才能重获生机。

但是，希腊政府能治好希腊人的懒病吗？欧洲政府能治好欧洲人的懒病吗？在现行制度下，哪个政府能动、敢动、动得了人民的福利蛋糕？哪国人民愿意自动放弃已经过惯了的贵族生活？

生于忧患、死于安乐。欧洲政治家们未必不懂这个道理，但哪个政治家能改变现状呢？

Happy backpackers

I will accompany you to travel around the world

五、答网友和记者

花了多少钱？怎样办签证？
子女的态度？……

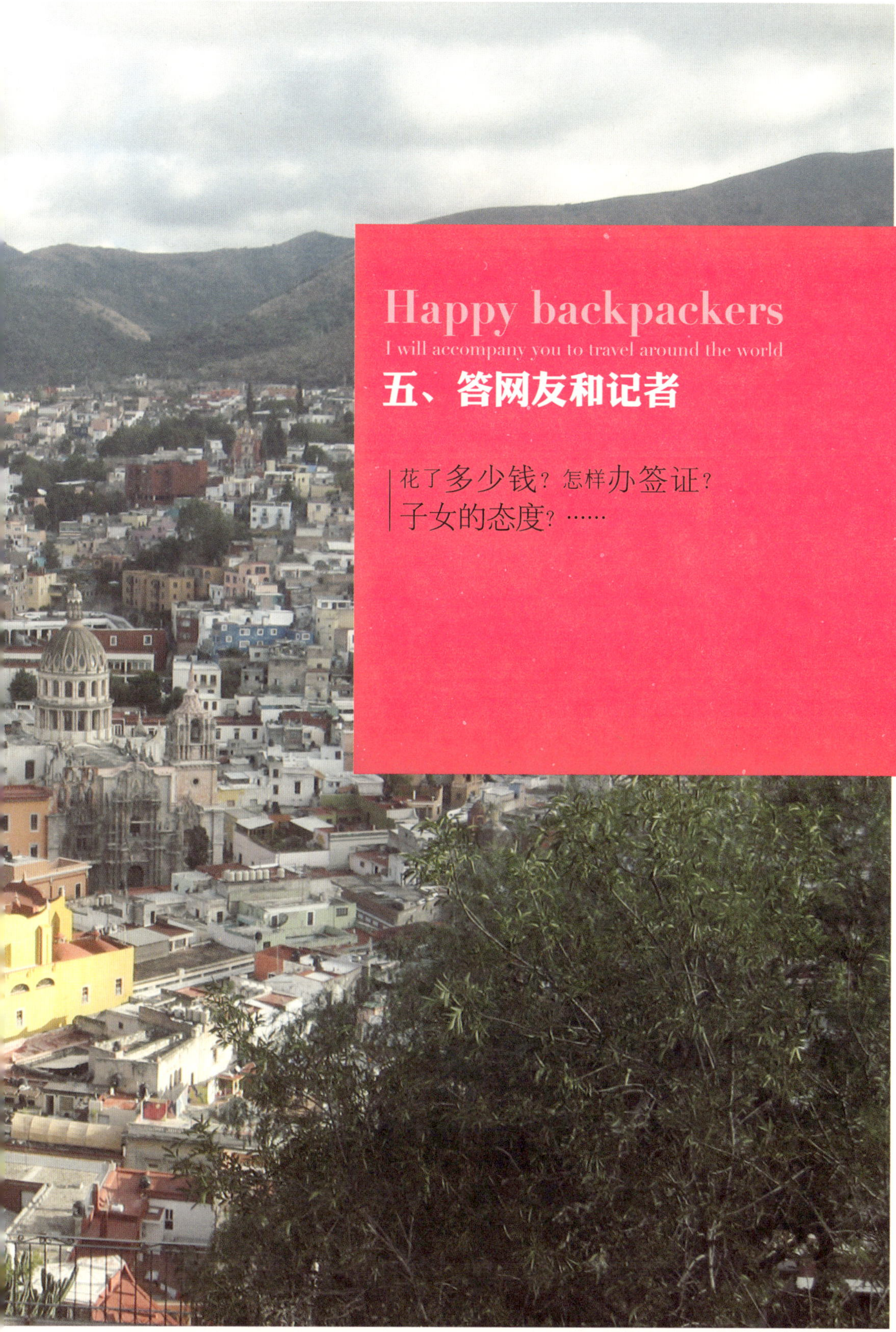

答 网友和记者

Q 周游世界要多少钱?

A 没有标准答案。有人3000美元环游地球，有人20万元人民币坐游轮绕地球一圈，旅行方式不同，价格相差极大。我们这次180天环游地球走了14个国家，两人花了一部中档宝马轿车的钱。所以，花多少钱，与目的地、出行人数、天数、行程、季节、汇率、交通工具类型、酒店级别等多种因素相关。

Q 卖了房子去旅游?

A 有这个想法，但还没卖。这句话出自央视柴静访谈节目《看见·花甲背包客》，有前言后语，大家可以去看看。我们的真实意思，是从“以房养老”引申到“以房养旅游”，但目前银行逆按揭制度不完善，难以实现，所以才想到卖房子。真卖了房子，旅行回来住哪儿？住养老院，到当年插队的小山村买个小院子，都是不错的选择。

Q 为什么选择自助游?

A 周游世界的方式有许多，有人跟团，有人坐游轮。我们选择相对艰苦的自助游，原因有三：一是省钱，省下钱可以看更多的地方；二是自由，行程安排自由随意，感兴趣的就多看看；三是可以广泛接触各国各阶层的不同人群，看看别人怎样生活，发现一个真实的世界，这一点最重要。行走各国给我们留下的最深印象，不是那些著名景点，而是路上发生的各种感人故事。

怎样申请签证？

上目的国驻华大使馆或领事处官方网站，查阅相关信息、准备资料、填写表格，严格按工作流程去做。有的国家大使馆不受理个人申请，要求通过旅行社代办，那你一定要想办法找到具有相应资质、在使馆备案的一级代理。

长时间在外旅游，想家吗？

在我们看来，家的概念，不是房子，而是和亲人在一起。和自己所爱的人在一起，走到哪里都是家。

旅行在外，风险无处不在。为了对自己负责，对家人负责，我们每次长途旅行，都要安排好家事，同时要做到：（1）把行程告诉家人，全程通过短信、e-mail与亲友保持密切联系。（2）一定要买旅行意外保险。（3）写一份遗嘱给女儿。一开始也认为不吉利，但这正是对家人、对自己负责。

子女支持吗？如何处理家庭关系？

女儿女婿当然会担心，但也很支持我们。他们认为，老爸老妈能够健康、快乐地到世界各地旅行，既是老人的幸福，也是子女的幸福，为此感到骄傲和自豪。

不过分参与和干预下一代的生活，相信下一代会做得更好。不处心积虑想着给子女留遗产，儿孙自有儿孙福，子女靠自己奋斗创造财富得到的幸福比“啃老族”要多得多。

年轻人适合去周游世界吗？

人生不同阶段，肩负的任务和责任不同，奋斗目标也不同。

对于青年、中年人来说，如果想去看世界，“Gap Year”是个好方法。在匆忙的工作生活中按一下暂停键，去外面世界看看，不仅可以放松身心，充实世界观和价值观，甚至能找到新的人生机遇，重塑人生。

如何理解幸福？

幸福像只三足鼎，由物质、精神、情感三条腿支撑。经济是基础，这不错，但过分追求物质财富，三足鼎少了两条腿就会倾倒。其实，物质财富带来的幸福感像条抛物线，开始时上升，到了临界点就要向下拐，逃不脱边际效应递减规律。所以，不要把幸福单纯寄托在物质追求上。

旅行的意义是什么？

旅行可以重塑人生，但对不同人有不同意义。对于我们来说，周游世界是一种生活方式，是我们选择的一种颠覆传统养老观念和养老模式的生活方式，它让我们的老年生活变得更充实、更快乐、更幸福。

后记
Afterword

书稿完成了，终于松了一口气，可以休息一下了。

这次环球旅行历时六个月，回北京后一直没有好好休息，一是忙于应付媒体采访，二是进行书稿的构思和写作。

旅行途中，我们通过博客和微博直播了路上见闻，回来后又发了一些游记和图片，得到网友热情支持。许多网友一再追问：什么时候能看到你们的书？走了那么多地方，为什么不写一本书与大家分享？写书吧，也带我们看看外面的世界！

为了不辜负大家的期望，我们抓紧时间完成了书稿。

三年前，从欧洲旅行归来，写了第一本书，内容偏重于出国自助游的攻略。三年中，我们又游历了北美、南美、南极、澳大利亚等许多国家和地区，有了新的感悟。这本书的内容，就是环球路上的所见所闻，在讲故事的同时，也谈了我们的旅行体验和人生感悟，以及夫妻、家人、朋友之间的情感故事。

有的章节由老公写，有的由老婆写，在文中都用第一人称。

许多网友在我们的博客和微博跟帖，提了许多关于周游世界的问题。这里，我们把网友和记者提的问题归纳汇集起来，在《答网友和记者》篇中一并作答，欢迎网友继续提问交流。

周游世界的故事很多，感悟也很多。这里只能挑选精华奉献给读者，与大家分享，希望不辜负网友和读者的期望。

图书在版编目（CIP）数据

花甲背包客 / 张广柱, 王钟津著. -- 长沙 : 湖南
文艺出版社, 2012.3
ISBN 978-7-5404-5353-4

Ⅰ. ①花… Ⅱ. ①张… ②王… Ⅲ. ①游记—作品集—中国—当代 Ⅳ. ①I267.4

中国版本图书馆CIP数据核字(2012)第009330号

上架建议：旅游随笔

花甲背包客

作　　者：张广柱　王钟津
出 版 人：刘清华
责任编辑：丁丽丹　刘诗哲
监　　制：伍　志
特约编辑：邱红娜　王　维
版式设计：李　洁
绘　　图：月娘小榭
封面设计：柏拉图创意机构
出版发行：湖南文艺出版社
（长沙市雨花区东二环一段508号 邮编：410014）
网　　址：www.hnwy.net
印　　刷：北京新华印刷有限公司
经　　销：新华书店
开　　本：787mm × 1092mm　1/16
字　　数：200 千字
印　　张：13
版　　次：2012 年3月第1版
印　　次：2012 年3月第1次印刷
书　　号：ISBN 978-7-5404-5353-4
定　　价：36.00 元

（若有质量问题，请致电质量监督电话：010-84409925）

THE END 不要被财富绑架，丢了幸福

Happy backpackers